Hay cosas que no puedo decir

INCENDIARY
Collection
Homage to Beatriz Guido

Collection
INCENDIARIO
Homage to Beatriz Guido

Elssie Cano

HAY COSAS QUE NO PUEDO DECIR

Nueva York Poetry Press LLC
128 Madison Avenue, Oficina 2NR
New York, NY 10016, USA
Teléfono: +1(929)354-7778
nuevayork.poetrypress@gmail.com
www.nuevayorkpoetrypress.com

Hay cosas que no puedo decir

Paperback

ISBN-13: 978-1-958001-24-0

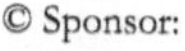

Cano, Elssie
Hay cosas que no puedo decir / Elssie Cano. 1ª ed. New York: Nueva York Poetry Press, 2023, 378 pp. 5.5" x 8.5".

1. Ecuadorian Fiction. 2. Hispanic American Fiction 3. South American Literature

A
mis hijos Giselle Massaro y John Cano,
mis nietas Zoë y Clementine Cano,
y mi hermana Jeannette Cano.

Qué difícil intentar salir ilesos de esta magia
en la que nos hayamos presos.

JOAQUIN SABINA

No te rindas, por favor no cedas,
aunque el frío queme, aunque el
miedo
muerda, aunque el Sol se esconda y calle el viento.

MARIO BENEDETTI

Ten cuidado cuando expulses tus demonios, no
vayas a desechar lo mejor de ti.

FRIEDRICH NIETZSCHE

Hay cosas que no puedo decir

El choque de dos aviones contra las torres del World Trade Center abrió las puertas del infierno.

Una masacre brutal producto de un sorpresivo ataque terrorista en suelo estadounidense era inconcebible. *Eso jamás sucedería.* Sin embargo, el 11 de septiembre del 2001 el odio transformado en una bestia remontó por los aires; atacó Nueva York e iracundo golpeó sus altas torres convirtiéndolas en un par de hogueras. Fueron en vano todos los esfuerzos de bomberos, agentes de seguridad y filas de hombres por dominarlo; con sus pulmones repletos de humo, las manos en llaga viva y los dedos cayéndoseles a pedazos, estaban condenados a la derrota. Finalmente, el odio venció. Sólo bastaron setenta y tres minutos para derribar el primer rascacielos y veintinueve minutos más para echar al piso el segundo. El impacto inicial de la embestida fue suficiente para debilitar las barras que sostenían los pisos y hacer trizas las columnas de acero de las estructuras de ciento diez pisos; soportes diseñados para resistir incendios e inclemencias naturales. Señales de su triunfo fueron el cortejo de cuerpos chamuscados, trozos humanos regados entre miles de toneladas de escombro, materiales de construcción, lodo, vidrio, fibra, asbestos, plomo, mercurio y la liberación de dioxinas e hidrocarburos en el fuego que ardió los tres meses siguientes.

Nadie esperaba ser protagonista o testigo de un desastre que acabó con la vida de miles de personas; 2.996 muertos (entre ellos 19 terroristas y los pasajeros que viajaban en el tren subterráneo de la línea E, cuyos cuerpos se encontraron flotando en el agua que inundó los túneles del que fuera, The World Trade Center) y 6.000 heridos fueron reportados por los agentes del equipo investigativo del *NY's Joint Terrorism Task Force.*

¡Muchachos vuelvan a sus asientos, dejen de alborotarse sin motivo! —ordenó Elina Cano a sus estudiantes. Eran las 9:05 de la mañana de aquel 11 de septiembre.

—Maestra ese debe ser un gran incendio porque el humo es espeso y negro; alarmado, sin separarse de la ventana, insistió uno de los estudiantes. Cálmense, ya los bomberos harán su trabajo, —dijo con severidad para que los jóvenes se sosegaran cuando ella misma estaba sorprendida viendo ese negro nubarrón invadiendo el cielo en la distancia. Sin saber explicarse, experimentó un vacío en el estómago, el mismo que sentía cuando algo malo estaba por suceder. Le temblaron las manos mientras escribía en la pizarra y ocultó, lo mejor que pudo, el miedo que le estrujaba los intestinos.

Eran las 9:35 de la mañana cuando se escuchó la voz del director del Campo Educativo George Washington anunciando por los parlantes que las clases quedaban suspendidas debido a un accidente ocurrido en el bajo Manhattan. Sin dar más detalles, este pidió a los maestros que acompañaran a sus estudiantes al auditorio y esperaran hasta que sus padres llegaran a recogerlos. A las diez, Elina Cano y Frank Green, otro maestro, se dirigieron a la cafetería situada en el edificio junto a la escuela. Cuando entraron al establecimiento encontraron a los presentes mirando estupefactos en la pantalla gigante del televisor, las imágenes que reportaban en vivo los eventos ocurridos en esa mañana. Así se enteraron, que a las 8:46 A.M., un avión se había estrellado contra la torre norte del centro financiero del World Trade Center. El presentador de noticias informaba que el impacto del Boeing 767, vuelo 11 de American Airlines, había abierto un hueco entre los pisos 93 y 99, matando a centeneres y dejando a cientos más atrapadas en medio de las llamas producidas al arder el combustible. Hasta entonces se creía que el choque era un accidente, pero cuando a las 9:03 A.M., un segundo Boeing 767, vuelo 175 de United Airlines, se chocó contra los pisos 77 y 85 de la torre sur, se supo que Estados Unidos era víctima de un ataque.

Desde ese momento, en la pantalla del televisor las imágenes se volvieron intensas y macabras. Los bomberos impedidos por la interrupción del servicio de los ascensores tuvieron dificultades para avanzar; pero empeñados en salvar las vidas de los que quedaron atrapados subieron por las escaleras. De los pisos en llamas empezaron a caer los cuerpos de las personas que prefirieron echarse al vacío antes que morir carbonizados.

Esa mañana del 11 de septiembre, George W. Bush, cuadragésimo tercer presidente estadounidense, se encontraba visitando una clase del segundo grado de una escuela en Sarasota, Florida cuando fue informado de que un avión había chocado una de las torres gemelas del World Trade Center. Minutos más tarde Andrew Card, el jefe del estado mayor de defensa se acercó para susurrarle en la oreja derecha: "un segundo avión chocó la segunda torre, América está siendo atacada". A las 9:30 de la mañana el presidente Bush anunció que el país había sufrido "un ataque terrorista".

Ya no había dudas, alguien intentaba herir y destruir al imperio que controlaba medio mundo; había que reconocer que el enemigo, aún sin cara, había atacado sorpresivamente y estaba castigando sin piedad al pueblo estadounidense.

A las 9:37 A.M., un tercer Boeing 767, vuelo 77 de American Airlines, se estrelló contra el Pentágono. Este era un edificio de concreto y acero, enorme y macizo, localizado en Virginia, sede del departamento de defensa de los Estados Unidos. Luego se sabría que el vuelo cubría la ruta Washington–Los Ángeles con cincuenta y ocho pasajeros y seis tripulantes. Sin apaciguar su furia, la bestia volvió a atacar una vez más a las 10:03 A.M., esta vez era el vuelo 93 de United Airlines que volaba de Newark a San Francisco con treinta ocho pasajeros y siete tripulantes; se estrelló cerca de Shanksville, Pennsylvania, luego de que algunos pasajeros (informados de los eventos a través de los teléfonos celulares) heroicamente dominaron a los secuestradores. Tratando de frenar más desastres, la Administración de Aviación Federal optó por cancelar todas las operaciones aéreas en los aeropuertos del país; la Casa Blanca fue evacuada y se ordenó el cierre de la bolsa de valores.

Elina Cano era, aparentemente, una persona ecuánime que recurría a la lógica de manera necesaria; para evitar ser herida o utilizada se había inventado una máscara de indiferencia y desdén. Provocativa pero consciente de que se mentía a sí misma, repetía que: las emociones eran una deficiencia del cerebro que ponían al descubierto las debilidades humanas. Añadía que la compasión escondía el desprecio por los inútiles; la tolerancia era un asqueroso simulacro para quedar bien con los demás y que la esperanza era un símbolo de derrota y de resignación.

Según su hermana, Elina era incapaz de alterarse por lo que pasaba a su alrededor, de tomar decisiones importantes o comprometerse con algo, por eso la apodaba "Oblomov" comparándola con el personaje superficial del escritor ruso Iván Goncharov.

Sin embargo, para sorpresa de Frank Green, a las 9:59 de la mañana, cuando la torre sur del complejo del World Trade Center se derrumbó, Elina, sin poder ocultar sus sentimientos, se desplomó sobre la mesa del comedor con los ojos repletos de lágrimas.

Nueva York, la Capital del Mundo, la Babel de Acero, la Gran Manzana, la ciudad moderna, pujante y cosmopolita, se hundía ante la mirada desconcertada y aterrorizada de su gente. A las diez de la mañana llegó la orden de evacuación de todos los miembros del Departamento de Bomberos de la torre norte. Muchos comenzaron a salir, algunos no acataron la orden, otros no estuvieron conscientes del peligro. Veintiocho minutos más tarde, 10:28 de la mañana, la torre norte también colapsaba. El bajo Manhattan y Chinatown se envolvieron en una espesa nube, mezcla de humo, polvo y residuos tóxicos que luego se conoció como "la enfermedad del World Trade Center"; causante de trastornos respiratorios, digestivos, alteraciones mentales y problemas cardiovasculares que años más tarde llevaron a la muerte a cientos de hombres que participaron en las operaciones de rescate.

A las 8:20 de la mañana, N.V. Malo llamó a las oficinas de *Windows on the World* para disculparse por no poder asistir ese día a cumplir con su trabajo con la excusa de sentirse enfermo; él se desempeñaba como camarero para el complejo de comida, reuniones y eventos de entretenimiento localizados en los pisos 106 y 107 de la torre norte del World Trade Center. Luego de pasar una noche de tragos con los parientes llegados de su natal Cuba, Malo apenas logró mantenerse despierto. Se levantó a las 2:00 de la tarde y entonces se enteró de los ataques terroristas a las Torres Gemelas. Creyó estar dentro de una pesadilla al ver en el televisor los edificios envueltos en llamas y el derrumbe de ambos. Lloró, gritó horrorizado por las imágenes y el dolor de saberse vivo cuando todos sus compañeros probablemente habían perecido en la tragedia. En aquella mañana se le había pedido ser parte del equipo encargado de servir los bocadillos y el almuerzo a Christine

Olender, asistente del gerente del restaurante, y a los noventa y un asistentes a la conferencia organizada por la firma de información financiera Risk Waters.

N.V. Malo entró en pánico, se sintió culpable cuando escuchó en las noticias la información ofrecida por el oficial Ray Murray: "desde las nueve de la mañana, por doce minutos, la señora Christine Olender estuvo llamando al departamento de policía pidiendo ayuda. El humo era cada vez más denso y necesitaba saber dónde llevar a los conferencistas. A causa del incendio provocado por el choque de un avión en los pisos inferiores de la torre norte, las puertas quedaron trabadas y los elevadores dejaron de funcionar. Christine Olender y la comitiva quedaron atrapados".

En su última llamada, con voz temblorosa, dijo ella: "esta es de nuevo Christine, de Windows on the World, piso ciento seis, la situación se va agravando rápidamente, nosotros, nosotros tenemos..., ¡el aire se está acabando! No estoy exagerando". "Hum, señora, dije, se que no está exagerando, estamos recibiendo muchas de estas llamadas, tranquila, tranquila, enviaremos a los bomberos tan pronto sea posible".

Angustiada, la señora Olender preguntó: "¿Qué podemos hacer para que entre el aire? ¿Podemos romper una ventana?".

— "Haz lo que tengas que hacer… para, uh, recibir aire".

— "Está bien", —dijo Christine.

Nunca más se volvió a saber de Christine Olender y sus invitados".

A.G. Vallejo era un joven recién llegado de Perú, de naturaleza melancólica; aspiraba a convertirse en escritor. Su cabeza estaba llena de ideas, personajes e historias que pronto plasmaría sobre el papel; nunca imaginó que viviría en carne propia un episodio digno de un cuento de horror. Aquel martes por la mañana, como cualquiera otro día a fines del verano, sin ningún mérito para destacarlo, se apeó del tren E a las 7:50 de la mañana. Tenía diez minutos para comprar un café en el World Trade Center, llegar hasta el 99 de la calle John y subir al piso 25 donde él y sus compañeros organizaban el trabajo del día. A las 8:50 de la mañana, los trabajadores escucharon por la radio la voz de Howard Stern, el famoso autoproclamado Rey de los Medios de Comunicación: *"No quiero interrumpir la diversión, pero esta es una noticia seria. Un avión se ha estrellado contra el World Trade Center"*. Alarmado como estaba, A.G. Vallejo exclamó: ¡No puede ser!

Bajó al vestíbulo en compañía de Rodolfo Chávez y encontró a la gente conmocionada mirando las imágenes en las pantallas. Sin poder creer lo que estaba pasando, Vallejo salió a la calle, levantó la mirada hacia las torres, justo en el momento que otro avión chocaba con la otra, creyó que era una repetición de lo que antes había visto en la televisión.

La gente en medio de gritos, llantos, plegarias y acusaciones empezó a correr. —"Vamos a ver que está pasando", —le dijo estúpidamente Vallejo a Chávez y juntos caminaron hasta la esquina de las calles John y Cliff para comprar una cámara con la idea de tener pruebas. Ambos avanzaron hasta el parque Zaccotti, a unos ochenta metros de las torres, donde tomaron imágenes aterradoras: "Empezamos a ver cuerpos cayendo al vacío, los distinguíamos a mitad del camino, iban girando y perdiendo la ropa, luego aceleraban la caída como proyectiles y rebotaban en el concreto de la calle completamente amorfos"; declaró Vallejo más tarde. De pronto se escuchó una ráfaga seca, mecánica y sincronizada. Vallejo volvió la mirada hacia la torre sur y vio el estallido que parecía como fuegos artificiales en la parte superior del edificio; entonces empezó a temblar. — "¡Corre, corre!", —gritó Chávez, pero Vallejo no corrió. La tierra onduló, se cayó y muchos otros cayeron sobre él; logró levantarse y volvió a caerse; esta vez impulsado por la fuerza de la explosión y el derrumbe, quedó sepultado bajo un camión junto a una pila de escombros.

Es increíble descubrir la fuerza que te da la desesperación, pero debo estar vivo gracias a ella, con el cuerpo apelmazado y la piel convertida en una costra de arena y cal, pensó Vallejo poniéndose de pie. Tomado de la mano junto a otras personas, y tropezando con cuerpos regados por todas partes, llegaron al Chase Manhattan Plaza y entraron por la puerta lateral del edificio de la Reserva Federal, mucha gente había encontrado allí refugio.

Se respiraba caos, miedo, desesperación, desconcierto, el pánico crecía. Había gente que no sabía lo que estaba pasando; se escuchaban rumores de que había sido una bomba la causante de la explosión. Vallejo se sentó en el piso, un muchacho que se sentó junto a él dijo: —"Vamos a morir".

— "No es cierto. Pero vamos a tener que vivir con esto para siempre". —Respondió Vallejo. Pasaron unos minutos y en otro lado se escuchó un estruendo. Eran las 10:28 de la mañana y la torre norte se estaba desmoronando. El impacto rompió los cristales, abrió las puertas; otra vez los gritos de desesperación. Vallejo salió corriendo, en el camino se encontró con lo que parecía un armatoste que llevaba el rostro ennegrecido por el humo y sangrando de un lado de la frente, era un bombero.

—"¿Adónde vas?", —preguntó Vallejo.

—"A las torres", —contestó el hombre; se perdió en la espesura de humo en la que Vallejo trataba de escapar. Junto a miles de personas cruzó el Puente Brooklyn. En el bajo Brooklyn la gente los recibió con pan, botellas de agua y toallas para limpiarse la cara. Vallejo se sentó a descansar por un momento y luego tomó el tren rumbo a Jamaica, Queens. En el tren escuchó la conversación que mantenían dos jóvenes:

— "Las tumbaron hermano", —dijo uno, y el otro respondió, —"así es, y con dinamita".

El reloj marcaba la 1:04 P.M., el presidente George W. Bush, desde la base aérea de Barksdale, Luisiana, *prometió perseguir y castigar a los responsables.* Bush aseguró que el ejército se hallaba en estado de alerta máxima en todo el mundo.

Osama bin Laden, el fundador de la organización militante islámica al-Qaeda, fue acusado de estar tras los ataques. A las 3:25 de esa tarde, un edificio en la zona, de 40 pisos, marcado con el número 7, también cayó debido a los efectos de la onda explosiva.

El presidente Bush ya estaba de regreso a la Casa Blanca y se dirigió a la nación a las 8:30 de la noche. Las cámaras de televisión mostraban un hombre sereno, confiado, seguro de tener todo bajo control; modulando las palabras leyó un discurso preparado para conmover, provocar dolor, tristeza, ira, deseos de venganza y…, sacar a flote el patriotismo de los ciudadanos. En su disertación dijo: "Los ataques terroristas pueden sacudir los cimientos de nuestros más altos edificios, pero no pueden tocar los cimientos de Estados Unidos. Estos ataques pueden destruir el acero de nuestros edificios, pero no pueden romper el acero de la determinación estadounidense. Estados Unidos ha sido atacado porque somos el más brillante defensor de la libertad y oportunidades en el mundo. Y nadie podrá hacer que esa llama deje de brillar". Nueve días más tarde, el 20 de septiembre, George W. Bush declaró la guerra al terrorismo. Lo hizo en un discurso de menos de siete minutos y con las dos Cámaras del Congreso estadounidense como espectadoras; para enfatizar su política, dijo: "Quien no está con nosotros, está contra nosotros", haciendo eco de las palabras de Cristo encontradas en Lucas 11: 23. Adrian Mac Liman, el analista político internacional comentó que con este corto discurso el mandatario confundió al pueblo estadounidense y a muchos occidentales al apuntar que el enemigo eran los islamistas y no el grupo al-Qaeda. Ese discurso hizo que se aprobaran nuevas leyes y se crearan diferentes oficinas como el Departamento de Seguridad Interior y el

Servicio de Control de Inmigración y Aduanas.

Osama bin Laden, líder de la organización militante islámica al-Qaeda, lentamente bebía su blanquecina mezcla de Yeni Raki y agua mientras pensaba en Estados Unidos. Como muchos, maldecía a los imperialistas y tenía diferentes motivos para odiar a ese país. No perdonaba la presencia de sus tropas en Arabia Saudita; el apoyo que prestaba a Israel; y tampoco las sanciones contra el pueblo de Irak. Estados Unidos tenía un comportamiento despótico, arrogante, pero se dijo a sí mismo: es un *tigre de papel*. Bin Laden recordó cuando en 1983 los americanos escaparon del Líbano luego del bombardeo de las barracas donde murieron 241 infantes de marina de servicio en Beirut; el retiro de Somalia en 1993 después de la muerte de 18 soldados en Mogadishu y la deshonrosa retirada de Vietnam en los setenta.

En 1996, Osama bin Laden conoció a Khalid Sheikh Mohammed en Tora Bora,

Afganistán. Khalid Sheikh Mohammed oriundo de Pakistán, era entonces un joven de treinta y dos años, ojos oscuros y espesa barba negra. A los dieciséis años llegó a ser un miembro activo de la Hermandad Musulmana, fue a estudiar a los Estados Unidos, y en 1986 se graduó en Ingeniería Mecánica de la North Carolina Agricultural & Technical State University. Luego de convivir por años con sus compañeros americanos, de conocer la cultura y forma de vida estadounidense, el joven concluyó que Estados Unidos era un país perverso y racista. Khalid viajó a Pakistán y más tarde a Afganistán donde se unió a las fuerzas que luchaban en la guerra santa, *yihad,* para reprimir la invasión de la Unión Soviética vista como acto de agresión contra el islam. Khalid admiraba las dotes de orador de Osama bin Laden; su habilidad para manipular variedad de estrategias y fácilmente hacer llegar su mensaje, incluso a los ignorantes.

Según la comisión designada por el presidente G.W. Bush y el congreso para investigar los ataques del 9/11, fue durante el encuentro en Afganistán que Khalid Sheikh Mohammed "presentó a Osama bin Laden el plan para una operación que implicaba el entrenamiento de pilotos que chocaran los aviones contra edificios en los Estados Unidos". La comisión investigadora reportó que al-Qaeda fue el proveedor del dinero, el personal y el suporte logístico para la ejecución del plan. Fue bin Laden el que decidió poner el proyecto en manos de Mohammed Atta, un secuestrador experimentado, y su grupo de yihadistas educados en Occidente. Los secuestradores, la mayoría de Arabia Saudita, viajaron en pequeños grupos para establecerse en Estados Unidos y recibir el entrenamiento de pilotos en vuelos comerciales.

En septiembre 17, seis días después de los ataques abominables del 2001, el presidente G.W. Bush anunció que quería a Osama bin Laden capturado "vivo o muerto". Una recompensa de veinticinco millones de dólares fue ofrecida por la información del paradero del líder terrorista. Luego de una larga persecución por las agencias de seguridad estadounidenses a través de los territorios de Afganistán y Pakistán, bin Laden fue localizado en una guarnición de la ciudad de Abbottabad en Pakistán. Durante las tempranas horas de mayo 2 del 2011, por orden del presidente Barack Obama, un pequeño grupo de miembros de la marina asaltó su guarida, disparó y mató a Osama bin Laden, el cerebro tras los ataques terroristas del 11 de septiembre.

Los ataques dejaron heridas profundas. El dolor, la zozobra y el terror, no tuvieron comparación con nada de lo vivido en el pasado. El pueblo dejó de sentir que estaba en la nación más segura del mundo. Saber que el enemigo era capaz de entrar al país, volar edificios y asesinar a miles de personas causó pánico y generó xenofobia contra la población musulmana. Para devolver la confianza y la tranquilidad a los ciudadanos y más que nada, asegurar su posición geoestratégica, el gobierno inició la guerra directa con Irak. Comenzó nuevos conflictos en el Medio Oriente, bombardeó

Afganistán y desarrolló una nueva retórica sobre las fuerzas del bien contra el mal. Durante el año 2002, el Buró Federal de Investigaciones (FBI), la Agencia Central de Inteligencia (CIA), la Comisión Nacional en Ataques Terroristas a los Estados Unidos (Comisión 9/11), el Instituto Nacional de Normas y Tecnología del Departamento de Comercio de los Estados Unidos (NIST); realizaron una serie de investigaciones para determinar las circunstancias alrededor de los ataques; intentando demostrar que no había nada que temer, que nada podía derrumbar el imperio, que contra viento y marea Estados Unidos seguía controlando el mundo.

Basada en las incongruencias encontradas tanto en las investigaciones como en la versión gubernamental; la gente suspicaz expresaba su desconfianza, sus sospechas; aquí hay gato encerrado, nos están engañando, nos ocultan algo, no es posible que el choque de un avión y un incendio pudieran derribar edificios tan fuertes como las Torres Gemelas; ni que fueran castillos de naipes; está fuera de la lógica que un avión pudiera acercarse al Pentágono sin que este accionara las defensas antiaéreas. Se inventaron pruebas para hacer la guerra en Irak; ya que creían que tenían armas de destrucción masiva. Después se probó que no era verdad. Empezaron a circular teorías sosteniendo que algunos miembros del gobierno ya conocían los planes de al-Qaeda pero que no hicieron nada para evitarlos. Otras teorías acusaban directamente al propio gobierno de planear y llevar a cabo los atentados.

En el libro *Desenmascarando Septiembre 11*, David Ray Griffin, Profesor estadounidense de Filosofía de la Religión y Teología (Claremont Universidad de California) y autor de varios libros de contenido social y político, hizo un análisis punto por punto de los hechos y afirmó que encontró al menos ciento quince fallas graves en la versión oficial. De acuerdo con esta publicación, no hubo una investigación independiente de los hechos, lo que se conoció fue el informe de una comisión política presidida por Philip Zelikow, un empleado de la administración Bush.

Al principio David Ray Griffin se resistía a creer en los juegos políticos de una élite y la posible complicidad del gobierno en los ataques terroristas para así iniciar guerras en favor de sus intereses político-económicos. Él pensó, "¿Será una coincidencia que justo antes de los ataques del 9/11, Cathleen P. Black quien tiene conexiones con la CIA, el Pentágono y es la presidenta del emporio de revistas Hearst (*Cosmopolitan, Esquiere, Harper's Bazaar,* etc..) y propietaria de Popular Mechanics, despidiera al jefe-editor y antiguos miembros del personal y en su lugar instalara a James Meigs y a Benjamin Chertoff, sobrino este de Michael Chertoff, hombre fuerte de la administración Bush?

Esto fue lo que Griffin se preguntó al descubrir que Meigs y Chertoff fueron quienes produjeron el informe oficial. Se propuso entonces desbaratar lo que para él era una farsa y sacar la verdad a la luz.

Griffin afirmó que las dos torres no colapsaron, implosionaron y se desintegraron como fue también el caso del edificio 7 que no fue embestido por avión alguno.

En enero del 2004, Larry Silverstein, dueño del edificio 7 y arrendatario del World Trade Center, durante la entrevista televisiva, "America Rebuilds" en PBS, comentó que luego de una llamada del comandante del Departamento de Bomberos informándole no estar seguros de poder contener el fuego en el edificio 7, él comentó, "Ya hemos tenido una terrible pérdida de vidas, quizás lo más inteligente que se puede hacer es tirar abajo el edificio".

A las 3:25 de la tarde, la Torre 7 cayó pulverizada. Griffin explicó que una desintegración súbita, total, de edificios sólidos, a la velocidad de la caída libre, y de una construcción poderosa, únicamente podía suceder con procesos de demolición controlada.

Griffin sostuvo que los daños causados por los aviones y los limitados incendios que le siguieron no podían explicar la desintegración de los edificios. Los enormes esqueletos de acero de las torres poseían un gigantesco dispositivo que absorbía el calor y eliminaba el producido por incendios limitados. Según dice el informe final del NIST, el acero de tres columnas, de las que dispuso para su examen, alcanzó temperaturas arriba de los 250 grados Celsius (482 grados Fahrenheit). Cabe indicar, dijo Griffin, que un horno casero alcanza temperaturas más altas que esas y el horno ni se funde ni se deforma. El acero comienza a fundirse a los 1.500 grados Celsius (2.800 grados Fahrenheit); lo cual indicaba que la explicación del colapso de las torres a causa del acero debilitado por el calor era falsa. Luego de entrevistar a bomberos, policías, inquilinos sobrevivientes y testigos de la tragedia, Griffin suministró sus declaraciones afirmando haber escuchado series de explosiones previas a la desintegración de los edificios. Esos testimonios fueron ignorados y silenciados por los investigadores del informe oficial.

Las evidencias ofrecidas por el gobierno acerca del vuelo 77, del Boeing 757 de American Airlines que impactó el Pentágono, fueron los restos de los cuerpos que ellos dijeron haber encontrado. Sin embargo, no se encontró ninguna maleta o la caja negra; tampoco rastros del fuselaje, de las alas, de los asientos, nada. El avión era una máquina de cien mil libras, quedaría por explicar que sucedió con la enorme masa de aluminio fundido y las grandes piezas de acero y titanio que componían los motores. El informe oficial registró que esto se debió a *la vaporización del metal debido a la velocidad del impacto y el intenso fuego.* Lógicamente Griffin se preguntó, "¿Cómo se explica la recuperación de cuerpos con carne y hueso?".

Thierry Meyssan, periodista francés y director de la página web Red Voltaire, en su libro *La gran impostura* cuestionó la versión oficial en tres secciones:

I. *Una escenificación sangrienta*: los atentados fueron un complot interno destinado a modificar las opiniones y forzar el curso de los acontecimientos.

II. *Muerte a la democracia en Estados Unidos*: la guerra en Afganistán no fue una respuesta a los atentados, sino que estaba preparada desde mucho antes en complicidad con los británicos. *La guerra al terrorismo* fue una artimaña para suspender las libertades individuales en los Estados Unidos y luego en los países aliados.

III. *El impero ataca*: Osama bin Laden fue una fabricación de la CIA. Las familias bin Laden y Bush administraban juntas su patrimonio mediante el Grupo Carlyle; en el momento oportuno sacrificaron a bin Laden igual que a una rata de laboratorio. La CIA desarrolló un programa de intervención a todos los niveles

que incluía el recurso de la tortura
y el asesinato político.

La teoría del francés Thierry Meyssan coincidió con la del estadounidense David Ray Griffin en cuanto al extraño desplome perfectamente vertical de las Torres Gemelas y la del edificio 7. Este tipo de desplome no se había producido nunca en el caso de grandes construcciones sólo por efecto de las llamas, lo que hizo pensar en un trabajo de ingenieros especializados en la destrucción de edificios mediante el uso de explosivos. En la revista *The Open Chemical Physics Journal* se publicó el resultado de las investigaciones realizadas por nueve científicos dirigidos por Niels H. Harrit, profesor del departamento de química de la Universidad de Copenhague, Dinamarca. Tras un año y medio de sondeo en el laboratorio, se encontraron partículas de un explosivo llamado *nano thermite* en diferentes muestras de polvo recogidas en cuatro puntos diferentes de Manhattan, justo después de los atentados. Algunas de las partículas explosivas tenían un milímetro de diámetro, por lo tanto observables a simple vista.

Meyssan llegó a comparar el 9/11 con el incendio del Reichstag por los nazis, lo que permitió a Hitler culpar a los comunistas búlgaros e implantar una dictadura bajo el pretexto de la defensa de la democracia frente al terrorismo.

Desde su inauguración el 11 de septiembre del 2011, un par de piscinas reflectoras rodeadas de paneles de bronce con los nombres de las víctimas que murieron en los ataques terroristas ocuparon el lugar donde estaban las Torres. En el subterráneo se construyó un museo donde se exhiben objetos encontrados entre los escombros, así como cosas que las víctimas usaron en vida. *One World Trade Center* es el nombre del edificio inaugurado el 3 de noviembre del 2014 y que reemplazó a las Torres. Este monumento fue construido no para lamentar los hechos sino para evitar que el horror, el ultraje, el oprobio y la pesadilla vividos aquel día de septiembre quedaran en el olvido. Según Cano, Green, Vallejo y muchos otros seguidores de las teorías de Griffin y Meyssan, la historia registrará los hechos según la versión oficial, la que el poder decidió conveniente y se ajustó a los intereses burocráticos; la otra quedará registrada como una ficción, como el conjunto de teorías producto de la imaginación de unos cuantos conspiradores.

El mundo nunca sabrá cuál fue la versión verdadera y cuál fue la fraudulenta. La Historia seguirá sus sucios y absurdos ciclos como siempre, indiferente al dolor, las manipulaciones, los engaños y los miles de muertos. Como dijera el presidente Barack Obama cinco años después del asesinato de bin Laden, "El mundo es aún peligroso". No hay duda que así será, piensan los seguidores de los teóricos; el mundo seguirá siendo inseguro y temible porque la eliminación de un individuo no suprime el odio, la ambición y la avaricia sembrada en el corazón de la gente y de los pueblos. Quizás las buenas intenciones puedan combatir los sentimientos negativos y aquello dicho por el mismo Obama sirva como una directriz: “Hemos elegido la esperanza sobre el temor, la unidad de propósitos sobre el conflicto y la discordia”.

“Hijo, así yo lo hago. El asunto es que si yo lo hago todo va a salir perfecto”, esas son las palabras que me vienen a la mente mientras escucho por el teléfono la voz angustiada de mi hermana contándome sobre el mal estado en que se encuentra nuestra madre. Mom es un *pain in the ass*, tiene que hacer las cosas a su maldita manera, no puede aceptar que yo, mi hermana y los demás tengamos la habilidad de hacer las cosas posiblemente mejor que ella. Muchas veces dejé que se saliera con la suya sólo para seguir con la fiesta en paz, aunque luego tuviera que desbaratar su trabajo. No sé si deba creer que está tan mal como dice Gilly o esto sea otra de sus estrategias para hacerse la importante.

Por años Mom ha sufrido de vértigo, cuando le daba una crisis decía, “Hijo esta si es la definitiva”. Al principio me asustaba, me angustiaba saber que podía perderla, pero con tantas pataletas *definitivas* que le han dado y nada grave ha pasado, la relajaba diciendo: "This is the season finale, this is the end of the chapter, this is the conclusion of the story". Nuestra madre, Elina, es una mujer difícil, contradictoria, no logra comprenderse a sí misma. A Mom la divierte ser la villana de la película, la oveja negra del rebaño, la bruja del cuento… A ella le encanta llamar la atención, disfruta saber que hablan de ella así sea para criticarla y hacerla pedazos. He llegado a pensar que además de ególatra, histriónica y mitómana, también es masoquista. Por eso disfruta que la despellejen, la puteen y digan pestes sobre ella. Seguramente otra vez hizo una de sus majaderías para luego recurrir a esas teorías idiotas que ella misma no cree, pero que según dice, forman parte del camino que está destinada a recorrer. "¿Por que dijiste eso? ¿Porque hiciste tal cosa? ¿Lo hiciste a propósito?". Decenas de veces la he recriminado cuando ha llegado gimiendo como un perro acorralado para que le ayude a salir del atolladero en que se ha metido por no saber controlarse.

"Hijo es que no pude evitarlo, lo que debía pasar pasó", decía para escapar de culpas, responsabilidades, y sobre todo para proteger el ego. Por lo general la gente se defiende como puede, argumenta diciendo verdades o mentiras para salir del atolladero. No, ella tiene que racionalizarlo todo, igual que la zorra de Esopo inventa una explicación tranquilizadora para ocultar su frustración al no poder alcanzar las uvas.

"¡Es que estaban verdes!" Mom dice y desdice de acuerdo a su conveniencia. Desdeña la virtud que implica la voluntad humana; esa cualidad que nos permite tener el control de nuestros actos y decisiones, sin embargo, llama animales resignados, sin fe en sí mismos a quienes lo dejan todo en manos de Dios: *"que sea lo que Dios quiera"*. Aristóteles argumentaba que si aceptábamos ciertas suposiciones sobre la naturaleza de la verdad, entonces el futuro estaba ya determinado. Asimismo, Nietzsche proponía el *amor fati*, el amor al destino, la filosofía del eterno retorno en la que la gente está necesariamente predestinada a repetir los mismos eventos un infinito número de veces a lo largo de un tiempo infinito. Para su beneficio, Mom se apoya en estas doctrinas filosóficas fatalistas para su defensa: "Nada pasa de manera fortuita, lo que va a pasar nos espera para pasar, todo está fijo y toma lugar por necesidad".

La refutaba defendiendo mis puntos de vista, ya que no éramos ni podíamos ser entes dominados por ninguna fuerza suprema fuera de nuestra voluntad. Le decía: "Acepta tus errores y debilidades, deja de buscar explicaciones en razonamientos derrotistas que no van contigo. Esa actitud sumisa es una violación al libre albedrío". ¡Tiempo perdido! Mom es el triunfo del racionalismo y la contradicción. Es por alguna de las tonterías que Mom dice y hace que la voz de Gilly suena tan alterada.

—Adrian, Mom está en el hospital. En este momento los médicos la tienen en observación, le están haciendo pruebas y análisis. Tengo miedo de que esta vez si esté enferma de verdad. Tú sabes cómo es Mom, hace cualquier locura con tal de jodernos la vida. Esta mañana Jack y yo fuimos a visitarla a su apartamento y la encontramos en mal estado. No podía hablar ni moverse, apenas podía abrir los ojos. —Mi hermana habla como si le costara hablar. Iba guiando en medio de un tráfico de la putamadre a lo largo de la Queens Boulevard. Hoy ha sido un día de esos en que todo se complicaba y ahora esta mala noticia. Mientras trataba de ver cómo salir de este atolladero, me imaginé a Gilly temblando, buscando con los ojos una puerta, un hueco por donde salir corriendo. Debía estar conteniéndose para no gritar hasta desgañitarse, como si fuera una gata a la que agarraron contra su voluntad querría patalear y chillar, en intentos por desprenderse del dolor.

Gilly es una mujer sensata, tantea el terreno antes de avanzar, nada lo hace por hacerlo, planea las cosas y actúa de tal manera que los resultados le sean favorables. Más que nada, Gilly es intuitiva. Muchas veces he llegado a sospechar que es una bruja; si es verdad que tuvimos vidas pasadas, mi hermana tuvo que ser profeta o pitonisa. Sin embargo, no sabe cómo enfrentar y manejar las situaciones difíciles, estresantes. La gente que no la conoce la juzga mal, cree que Gilly es una persona grosera, agresiva, sin saber que los insultos, las palabras hirientes y las actitudes despreciables le sirven de coraza. Son su manera de protegerse para no resultar herida.

Gilly es seis años mayor que yo, pero de alguna manera, aunque ella me llame *my baby brother*, pareciera que el hermano mayor soy yo. Por lo tanto, estoy obligado a protegerla y mimarla. Fueron muchas las cosas feas y los momentos amargos que nos tocó vivir y que como sea, tuvimos que superar juntos. Por eso soy paciente, comprensivo, soporto sus cambios de humor, sus desplantes, sus rabietas. Si no fuera así ya la hubiera mandado al diablo más de una vez.

Recuerdo que tenía siete años cuando mi hermana se raspó las rodillas y las manos al caer al pavimento mientras corríamos con los patines. Mom le echó tintura de yodo a las heridas, las cubrió con una bandita; luego se las agarró conmigo, como si yo fuera el culpable: "mira a tu pobre hermana llorando por tu culpa, debías estar atento y ayudarla. ¡Tú naciste para cuidarla!". En ese momento sentí que la odiaba, me entraron unas ganas terribles de agarrarla por el cuello y estrangularla. Yo era un niño y ya ponía en mí una responsabilidad que le correspondía a ella. Ella era quien debía cuidar de mi hermana y también de mí, ella era la adulta, la mamá; pero no yo, que me partieran mil rayos.

Cuando cumplí los nueve años Mom me registró en las clases de catecismo, según ella, para que conociera las viles falsedades del cristianismo y no me dejara sorprender cuando me vinieran con cuentos infames, inmorales y estúpidos sobre un dios que también era una paloma y un cristoloco megalómano que resucitaba a los muertos y gustaba, más que nada, hablar de sí mismo: "Yo soy el buen pastor, yo soy el pan de la vida, yo soy la luz de este mundo, yo soy la resurrección y la vida…,yo…, yo...,yo…"

En esas clases escuché el cuento bíblico sobre Caín y Abel, los dos hermanos miserables y desgraciados. Con ellos descubrí la injusticia, la arbitrariedad, la tiranía y volví a sentir rabia contra Mom por actuar igual que ese Dios despótico, inicuo y ridículo. ¿Soy yo acaso el guardián de mi hermana? No, no lo soy, pero trato de protegerla porque sencillamente amo a Gilly y siento igual que ella el vacío dejado por la falta de atención y cuidados de parte de una madre egoísta e irresponsable como la nuestra. Pienso que mi ateísmo nació en ese momento de ira y decepción al encontrar fallas en seres que creía no debían tener defectos. Dejé de creer en la existencia de un ser perfecto al encontrar no sólo inconsistencias sino falta de evidencia en las doctrinas impuestas por la iglesia. David Hume estaba en lo correcto al decir: *"Todo lo pertinente al conocimiento humano, en esta ignorancia profunda y oscura, necesita ser tratado con escepticismo, o por lo menos con cautela; y no admitir ninguna hipótesis, cualquiera; mucho menos, todo aquello apoyado por ninguna apariencia de probabilidad".* Para mí es humillante encontrarme con personas que ciegamente responden a las enseñanzas de los *santos varones escogidos por Dios* y las verdades reveladas en las escrituras sin detenerse a pensar, a usar el razonamiento y la lógica. ¡Cobardes infelices! Todo lo dejan en manos de un desconocido para no enfrentar la realidad. No puedo decir cuál era la posición de Mom en este asunto porque ella repudiaba y vociferaba contra todo y contra todos.

Nunca he podido encasillar o definir a esa mujer que la vida me dio como madre; contra viento y marea proclamaba ser libre pensadora, atea. Sin embargo, aceptó que sus dos hijos fueran bautizados cumpliendo así con los ritos impuestos por el catolicismo. Por otro lado, estaba de acuerdo con ciertas tradiciones judías, era la única manera de entender que permitiera la maldita práctica del *brit milá* por la que perdí el prepucio días después de haber nacido. Mom se reunía con los adeptos al agnosticismo; asistía a los rituales mágicos de la hechicería y practicaba la lectura del tarot y por un corto tiempo incursionó en la interpretación de la cábala. Era como si buscara algo en qué creer o por lo menos algo con lo cual identificarse sin reconocer que su nihilismo la amarraba y no le permitía agarrarse a una tabla en el océano de la nada donde un día se iría a pique. Fuera de su yo no existía nada que valiera la pena.

"Así yo lo hago" era la frase que usaba a diestra y siniestra para indicar que únicamente lo hecho por ella era lo correcto y que no estaba dispuesta a considerar o aprobar nada que fuera diferente a su parecer. Cualquiera fuera el proyecto o trabajo que yo le presentara, su respuesta era la misma: "Mijo no es que piense que está mal o que no me guste, pero podrías hacer lo mismo de otra manera"; o sea, a su manera, siempre a su manera. Por eso le fallaban la religión, los dogmas, la sociedad, Dios, el amor; por eso le fallaba todo.

Aceptaba la entrada de los Testigos de Jehová a casa cuando estos tocaban a la puerta. No lo hacía con la intención de conversar o conocer sus razonamientos; ni siquiera le interesaba disuadirlos y menos discutir porque ya de antemano tenía su posición, su realidad, y eso era lo único válido. Si los invitaba a pasar era para joderles la vida con sonrisa condescendiente y bonachona que confundía a cualquiera. Mom fingía escuchar cómo los pobres individuos se daban a la tarea de predicar *la verdad* y el amor de ese Dios creador del mundo. Mom les permitía explayarse y de repente, de sopetón, para que resbalaran, les tiraba la cáscara en forma de pregunta: "¿Conocen o pueden darme alguna evidencia de su existencia?". Los creyentes no dudaban en responder que solamente la observación de la naturaleza era suficiente manifestación de la presencia divina. Entrenados para acorralar y no darse por vencidos, uno de ellos echaba mano a aquel famoso argumento *del diseñador* para explicar que el mundo, en particular los organismos vivos en la Tierra eran demasiado complejos para ser el resultado de un mecanismo natural o haber salido de la nada. "Supongamos", decía el incauto, "que vamos por un camino apartado y nos encontramos con un reloj, su complicado mecanismo nos indica que es un artefacto diseñado con un propósito; asimismo, el universo y la existencia son evidencias del complejo diseño realizado por un ser supremo".

Mom con estudiada calma respondía: "Yo observo alrededor y me doy cuenta de que todo sistema vivo o no, sigue un proceso natural de organización, de hecho, nada es necesario fuera de simples y básicos procesos físicos y químicos. Si una de las cualidades de Dios fue diseñar el universo al menos con el propósito de la vida, especialmente de la vida humana, entonces las fallas que observamos en este diseño nos llevan a pensar que un dios con esta condición no existe. He de explicarles que las partes de un cuerpo humano no se parecen en nada a las de un reloj exquisitamente diseñado por un experto. Este mecanismo humano necesitaría la intervención de un ingeniero para arreglarlo y lograr que funcione por un extenso período de tiempo y en buenas condiciones. Si podemos gozar de una vida más o menos larga comparada a la de otras especies es gracias a que nuestra evolución resultó en crías que necesitan años para madurar, a diferencia de las otras que no requieren sobrevivir mucho tiempo después de reproducirse. Creo que no tiene sentido continuar hablando sobre un diseño en este mundo donde existe tanta miserable imperfección". Yo disfrutaba viendo como Mom ponía a sudar a los borregos.

"Ahora les hago otra pregunta: ¿Si este Dios es tan poderoso por qué necesitó seis días para crear el mundo si podía hacerlo en menos de una milésima de segundo? No tienen que contestarme porque ahora les va algo mejor que los pondrá a pensar y razonar. Es probable que sepan que el universo existe hace más de trece mil millones de años: la Tierra cuatro mil millones y medio, los humanos tal como los conocemos hoy en día, doscientos mil años. ¿Por qué Dios desperdició tanto tiempo y en vez de seis días usó más de nueve mil millones de años para hacer la Tierra y otros cuatro mil millones para crear a los hombres?".

Generalmente, Mom hablaba pura porquería. Sin embargo, podía hacer comentarios sorprendentes, dar citas y datos interesantes gracias a las lecturas y relecturas de autores como: Brian Greene, Paul Davies o Victor Stenger. Adoraba a Neil de Grasse Tyson; el científico director del New York City Planetarium que se anunciaba a sí mismo como *su astrofísico personal.* Para ella lo que decía Tyson estaba escrito sobre piedra. Luego de sacar en fuga a los pobres testigos de Jehová, comentaba, "Ilusos, no tienen más en la vida que andar de casa en casa jodiendo a los demás, convencidos de que Dios los ilumina y que podrán convencer a los otros con sus cuentos para idiotas; por eso me satisface ilustrarlos un poco, arrinconarlos y dejarlos con el culo al aire".

Definitivamente Mom era *full of shit*, podía a la vez defender y condenar una misma postura, navegaba con la corriente, le daba lo mismo chicha que limonada. Uno de sus amigotes era Tony Arcos, otro relajoso como ella, guitarrista y el último comunista sobre la faz de la Tierra. Gilly y yo lo apodábamos *Wolverine* por las uñas como garras que se dejaba crecer para poder rasgar las cuerdas del instrumento. Junto a él se unía a toda marcha callejera portando carteles y coreando proclamas, no porque creía en las causas, sino porque le gustaba el alboroto. Formaba filas apoyando el derecho de los inmigrantes indocumentados; por otro lado declaraba que el gobierno debía reforzar la seguridad en las fronteras para que no entrara al país más gente indeseable. Portando una pancarta que decía: "We are the 99%", se unió a los grupos apostados en el Parque Zuccoti en el distrito financiero para denunciar la desigualdad económica en los Estados Unidos y, sin embargo, celebraba la habilidad y la astucia de las personas para acumular fortunas. Participó en las manifestaciones "Flood Wall Street" que se dieron cerca del famoso "charging bull" en contra del papel del capitalismo en el cambio climático, pero afirmaba que el calentamiento global era un proceso natural del planeta.

Jack y yo la encontramos acostada en su cama con los ojos cerrados y una expresión de extraña serenidad. La voz de Gilly me saca de mis pensamientos y me vuelve a la realidad. Parecía como si Mom estuviera profundamente dormida, pero nos escuchó, y como si le costara, abrió los ojos. Eso sí, no pudo o no quiso hablarnos. No le respondo porque una sensación de ahogo me aprieta el pecho al pensar en la mujer que me trajo al mundo. Encima de eso escucho el claxon del tipo apurado que conduce detrás, pisándome los talones, a punto de estrellarse contra mi carro. Saco la cabeza por la ventanilla para lanzarle un *fuck yourself*.

Llegamos a su apartamento para sacarla de la cueva por un rato y llevarla a tomar un poco de sol que mucha falta le hacía. Sabes como es nuestra madre, muchas veces se niega a compartir con nosotros porque sencillamente no le da la gana y pone como pretexto sus preciosos libros, los que lee y los que escribe. Te confieso que muchas veces me entraron ganas de prenderles fuego para que finalmente se fijara en mí. Por culpa de esos malditos libros es que está cegatona, incluso usa una lupa además de los lentes. Gilly me da las quejas sin poder evitar los sollozos, a través del teléfono escucho cómo se sopla los mocos. La conozco y sé que en cualquier momento va a quebrarse, perderá la compostura y caerá al piso con un patatús, gritando y llorando, como si en vez de ser una mujer hecha y derecha, fuera una niña asustada. Aunque no lo reconocía, Gilly necesitaba escuchar mi voz. Por eso agarro aire, trago saliva y finalmente puedo decirle que me alegra saber que el marido la acompañaba en estos momentos. Afortunadamente, había convencido a Jack para que viniera conmigo y fue él quien se encargó de llamar al 911, dice Gilly.

Mom no estaba enferma, sufría los achaques propios de su edad, nada de que preocuparse. De vez en cuando le daban ataques de vértigo o cojeaba a causa del dolor en la cadera. Los médicos están tratando de determinar la causa de su estado, cabe la posibilidad de que sufriera una apoplejía o pudiera ser que su condición; bien sea causada por falta de alimentos o una sobredosis. Últimamente le había dado por no comer lo suficiente para no engordar; también se quejaba de no recordar si había tomado sus medicinas; por eso era posible que ingiriera más pastillas de las que estaban prescritas, dice Gilly. En ese momento, escuchando sus quejas, pienso que hice mal en no haber aceptado las sugerencias de mi cuñado. Jack nos había recomendado buscar la ayuda de una mujer que estuviera al cuidado de la *mama.* "Una mexicana o una guatemalteca; una de esas mujeres que abundan por estos lugares y que trabajan contentas por unos pocos dólares sería la persona ideal para que la acompañara", dijo Jack haciéndome ver que aunque me pesara, Mom también era mi responsabilidad.

No era que Mom estuviera en las últimas, nah. Ella podría valerse por sí misma unos cuantos años más. El problema estaba en que vivía sola y era una necia. "Mom necesitas de alguien que te acompañe, que te ayude", le habíamos dicho.

"¿Acaso creen que soy una inútil necesitada de una niñera que me limpie el hocico y el fundillo?". Así respondía y añadía que resentía el arresto domiciliario, la soledad a la que mi hermana la había condenado cuando la convenció para mudarse a ese cementerio llamado Florida, donde iban a dejar sus huesos las momias judías. Entonces recordaba que su madre, la Toby, siempre les repetía a ella y sus hermanos que habían nacido solos, que solos debían enfrentar la vida y que solos iban a morir.

"*You're full of shit*, lo tuyo es puro teatro y teatro del pésimo", le decía yo. "¿De qué soledad hablas? Si te encanta vagabundear, estar rodeada de gente; si por ti fuera vivirías en la calle, en un parque o en un bar repleto de revoltosos. Si ahora no sales de la cueva es por necedad".

Mom insistía en demostrarle a Gilly que en Florida no había vida; no había emoción como había en Nueva York. Mom extrañaba a sus amigotes y camaradas con los que compartió media vida; los que según con ella, sí la comprendían y hacían que la vida fuera un vacilón. Cada que tenía oportunidad le echaba en cara que por ella soportaba vivir en ese infierno de palmeras y lagunas artificiales que era la Florida; ese pantano disfrazado de impecable condominio, rodeada de gente que estaba de pasada, turistas ridículos tomando fotos a palmeras ridículas, y sobre todo, de los *snowbirds,* esos viejos enclenques y adefesiosos que llegaban de Nueva York o Michigan huyendo del frío y la nieve en el norte.

Jack es un hombre grande, su corpulencia es intimidante; más aún, por el tono de su voz pareciera que el hombre utilizara una bocina cuando habla. Después de conocerlo uno se da cuenta que no es de temer; su aspereza y apariencia física son pura fachada. Jack es un hombre de buenos sentimientos, una persona en la que se puede confiar. Por supuesto no es perfecto, tiene uno que ser idiota para creer que hay un hombre sin mancha, todo ser humano tiene su lado oscuro y Jack tiene sus putadas. Además de cargoso e insufrible, Jack es rencoroso, no soportaba a la suegra; ¡no era para menos!, cuando Mom lo conoció le puso mala cara y de frente le dijo que era demasiado grande y no era el hombre que ella hubiera deseado para su hija.

Luego de que mi hermana y él se casaron, Jack, un detective del departamento de policía de Nueva York, acostumbrado a que con ese cuerpo y ese vozarrón amilanaba a la gente; le declaró la guerra a *la mama* y Mom aceptó el reto confiada en sabérselas todas. "Este Goliat siciliano cree que va a poder conmigo", decía, haciendo alusión al tamaño del yerno comparado con su propia estatura. Mom es pequeñita pero sus cinco pies no le impiden enfrentarse a quien sea que le busque bronca. "Él se creerá Vito Corleone, pero yo me conozco mis mañas. Él podrá desgañitarse gritando con su voz de trompeta, pero yo sé cómo encontrarle el lado flaco a la gente y ahí mismo lo pongo a bailar el mambo italiano".

Mom me llamaba a menudo, no para preguntar por mi salud o la de mi familia, sino para darme quejas del yerno. Yo trataba de calmarla, haciéndole ver que ella por ser la mayor, con más experiencia, debía dar un paso atrás para la tranquilidad de Gilly, la mía y la de todos. Pero ¡qué va!, no había palabras que la convencieran a hacer la paz, decía: "Ya estoy muy vieja para dejar que este siciliano con ínfulas de Rambo me vea la cara de pendeja; eso no lo voy a permitir, un día de estos no voy a contenerme y va a saber de lo que soy capaz".

A todo esto, Jack respondía impidiendo que Gilly viera a la madre, insistiendo en conseguir a una mujer que la acompañara o mandarla a un asilo para ancianos; cualquier cosa con tal de quitarse la suegra de encima. Si este último plan no se había llevado a cabo era porque Gilly estaba en desacuerdo, decía: "Se oyen, se leen y se ven tantas cosas horribles en periódicos y en la televisión que da miedo poner a un ser querido en manos de desalmados. Esos asilos son verdaderos campos de concentración donde los viejos muertos de hambre dan lástima; se les puede contar las costillas por la desnutrición, apestan a orines y mierda". Pensando en toda esta tragedia me digo que, si Mom sale victoriosa del momento por el que que atraviesa, debe regresar a Nueva York; la ciudad donde transcurrieron tres cuartos de su vida y donde le gusta vivir.

Mom tiene sus años, pero está alerta, conserva los cinco, en su caso, los seis o siete sentidos en perfecto estado. Tiene derecho a vivir como ella quiera, donde ella quiera, con la gente que ella quiere. Mom decía, hablando de Nueva York, que jamás dejaría de maravillarse, así las viera mil veces, de las pinturas de van Gogh, Chirico, Dalí, Degas; obras que se encontraban en el Museo Metropolitano. Por siempre estaría hechizada con la fragancia a libertad, que según ella, sólo puede respirarse en el Village o en el Central Park. Jamás se cansaría de admirar la belleza del Brooklyn Bridge o de la silueta de Nueva York frente al ocaso. Mom no podrá dejar de disfrutar de las cosas que le gustan sólo porque está vieja, eso sería como que dejara de respirar porque sabe que un día va a morir. Como decía García Márquez: *"No es verdad que la gente para de perseguir sueños porque envejece, envejece porque para de perseguir sueños"*.

Mi hermana es una mujer madura, necesita dejar de creer que Mom está acabada, que ya agotó los cartuchos que le entregó la vida, que lo mejor que puede hacer es reconocer que ya no es una *spring chicken*; olvidarse de caprichos y quedarse tranquila donde está, ignorando el deseo que Mom tiene de continuar con la parranda. Sé que Gilly piensa que quiere protegerla cuando en realidad es una excusa para ocultar el miedo que tiene a perder la sombra que le infunde valor cuando no sabe de dónde agarrarse; el refugio adonde acude cuando se siente sola o perdida. Aunque le duela, a las buenas o las malas, Gilly tiene que acabar de cortar el cordón umbilical, esa atadura invisible que la aprisiona y acobarda.

Para mí el proceso de separación fue más fácil y a la vez más doloroso; fue Mom la que sin aviso previo, dio el hachazo cuando no contaba todavía con las fuerzas suficientes para librarme del anclaje. Mom se fue con su fiesta a otro lado y todos felices mientras yo quedé con el corazón hecho un trapo, aguantando la vida como mejor pude.

Mom no tenía tiempo para nosotros, no nos hacía demasiado caso, tenía muchos planes qué cumplir: educarse, hacer una carrera, competir. Ella, como siempre creyendo que estaba en lo cierto, argumentaba que lo único que nos distingue como humanos es la inteligencia, mostrar que usamos la cabeza: "Los sentimientos son paparruchadas, nos desvaloran. Tengo demasiadas cosas importantes que hacer para dedicarme a pasear a los chicos en cochecito y limpiarles las babas y los fundillos el día entero. Si no consigo algo mejor ahora, ¿cuándo voy a hacerlo?". Renegaba y se quejaba de los dos maridos que tuvo: el padre de Gilly uno, el otro, el mío.

Yo comprendo que las cosas son difíciles, que la vida no te da nada gratis, que todo cuesta trabajo, que debemos agachar el lomo y esforzarnos si queremos gozar de ciertas comodidades. Todo eso lo entiendo perfectamente, como también comprendo que cuidar a los hijos, darles cariño, mimarlos, enseñarles a ver el peligro, a diferenciar lo que está bien de lo que no lo está, no es una pérdida de tiempo. ¡Por supuesto que con el tiempo todo se acaba aprendiendo!, pero no es lo mismo recibir la formación de parte de los progenitores.

Sí, resiento el sentirme siempre solo, aunque el mundo entero grite contento a mi lado, me siento así por culpa de una madre orgullosa que pregonaba tener unas tetas como las de una *teenager* porque jamás dio de mamar a ningún crío. "Para eso se inventaron los biberones y las fórmulas con todos los nutrientes necesarios para el crecimiento. Eso de amamantar déjenlo para las vacas y las perras que yo soy un ser humano pensante". Resulta curioso que a pesar de tratarnos como a pequeños animalitos que se recogen en un centro de adopción, Gilly y yo la amábamos.

Con el paso del tiempo fui descubriendo que Mom tenía sus razones para ser como era, pero de niño lo único que sabía era que la necesitaba. Para mí era imposible verme viviendo sin Mom; sentir que de vez en cuando me pasara una mano por la cabeza lograba hacerme sentir el niño más afortunado del mundo. Mom era lo más importante en mi vida, Mom era el centro de mi universo.

"Ya encontraré la manera de viajar y ver a Mom", digo evitando ponerme sentimental, mientras intento salir del atolladero donde me encuentro y poder estacionar el carro para llamar a mi mujer y ponerla en conocimiento de lo sucedido.

Estamos en primavera. La temperatura ha subido hasta ese nivel propicio para que los árboles vuelvan a reverdecer. Después de un largo y crudo invierno, la gente, harta de soportar el frío y la nieve, ha abandonado abrigos, botas, gorros, guantes, bufandas y se ha lanzado a las calles a disfrutar de las cálidas condiciones que ofrece la temporada. Los cambios climáticos, un tanto drásticos, hacen que los newyorkinos pasemos de un extremo al otro. Sólo unas semanas atrás parecíamos osos polares y ahora, con un poquito de calor, falta poco para que muchos quedemos en cueros. En Nueva York, millones de personas vienen de todo lado del planeta: hablan su propia lengua, profesan sus propias creencias y se preocupan por sus propios asuntos. Sería absurdo prestar atención a lo que hacen los demás. En esta ciudad no hay cabida para los complejos, las inhibiciones. Por eso nadie se sorprende al ver a la gorda con la panza fuera de la mini-blusa; al travesti en *leggins* y tacones; a la exhibicionista con media nalga fuera de los *shorts*; al judío jasídico ultraortodoxo enfundado en su *halat* negro y a la mujer del Medio Oriente sudando como olla de presión dentro de ese traperío negro que parece bolsa de basura plástica.

No puedo decir que Mom fuera racista, pero si tóxica. Sin ningún respeto hace comentarios ponzoñosos sobre todo el mundo: "Imagino el hedor a culo que esa gente mugrosa del Medio Oriente debe traer pegado al cuerpo, los hindúes apestan a curry, los prietos a *Cajun fried chicken*, los chinos a salsa de soya, los franceses a queso rancio, los españoles a chorizo…". Para darle a probar del mismo veneno y pusiera las barbas en remojo yo le preguntaba: "¿Mom y nosotros los hispanos olemos a sofrito y lechón horneado?".

Muchos opinan que Nueva York es una ciudad horrible, que es sucia, bulliciosa, hedionda y peligrosa. Otros dicen que Nueva York puede ser el centro del mundo, tener museos, teatros, bibliotecas, el Empire State, el Lincoln o el Rockefeller Center; pero, está llena de ratas de toda clase: ratas de cuatro patas, de alcantarilla, gordas y enormes corriendo de lo más campantes por las vías del tren subterráneo. Ratas de dos patas (la baja clase humana) venidas de los cuatro costados del mundo. Lo gracioso es que son muchos los que echan pestes de la ciudad, pero lloran y ruegan por otra oportunidad si el Departamento de Inmigración los obliga a abandonarla.

Mom contaba que era una jovencita de veinte años cuando llegó a este país, a Nueva York, donde la gente era grosera e insensible. Tenía sólo un par de semanas de haber llegado cuando bajó al tren subterráneo y encontró a un hombre tirado en el piso, convulsionando y babeando. Quedó aterrada viendo como la gente pasaba apresurada por tomar el tren sin siquiera fijarse en ese miserable que parecía tener una crisis epiléptica. Por aquel entonces Mom no hablaba ni pizca de inglés y como pudo, con señas, gestos y medio masticando las palabras, pidió que alguien ayudara a ese pobre hombre en apuros. Fue un hispano el que dijo que ese no era su *business*: "No agarres líos ajenos. ¿Es que acaso tienes el tiempo para perderlo en una corte testificando por una mierda que no conoces o siendo acosada por la policía?".

Mom dejó el pleito atrás porque le tenía pánico a los policías. Con los años Mom aprendió a vivir, a dejar vivir y morir; a no dejarse conmover por zarrapastrosos y pedigüeños. Como Mom no podía contener la lengua cuando encontraba despojos humanos arrumados en cualquier calle, decía: "Vergüenza debería darte ahí tirado como un perro sarnoso cuando tuviste todas las de ganar. Naciste en este país de oportunidades, hablas inglés y hasta eres bonito; si supieras lo duro que nos toca a los muertos de hambre que vinimos de un país miserable".

Mom se acostumbró a ver, sin chillar, las ratas gordas tamaño gato que se paseaban por los rieles de los subterráneos. Dejó de inmutarse ante el ruido incesante de ambulancias, de carros policía, de alarmas de vehículos desconectadas por descuido o por culpa del botellazo lanzado por un hijueputa.

Como toda una mujer primer mundista, Mom adoptó la *resting bitch face* que distingue a los newyorkinos, y como buena newyorkina, se volvió directa, insolente e indiferente a las pequeñeces y *bullshit* que inquieta al resto del mundo. Esperando el cambio de luces, miro a ambos lados, y sin poder evitarlo pienso que "La avenida de la Muerte" como llamamos a la Queens Boulevard con sus doce carriles y dieciséis en el sector de Forest Hills, parece más bien ser *La gran vía del Universo*, por ella desfila gente de todo el mundo sin importarle un carajo la vida del que va a su lado.

Las luces del semáforo cambian a verde y como los otros conductores, pongo el pie en el acelerador y me lanzó a correr, como si llegar al lugar de trabajo fuera cuestión de vida o muerte. Son las 9:30 de la mañana, voy retrasado y todo por meterme en esta boca del infierno. ¿Y si llego tarde? ¡Al diablo con la puntualidad, hoy no voy a llegar a ningún lado!

Mirando las primeras flores que asoman sus cabezas en los parterres en medio de los carriles, pienso que esta es la peor época para morir. Mom puede ser ridícula y extravagante pero no estúpida para escoger un tiempo hermoso para ella misma darse de baja. No creo que a propósito Mom se metiera más pastillas de las necesarias. A esa loca le gusta llamar la atención y por conseguirla es capaz de entregar el alma al diablo, pero ¿arrebatarse la vida? Nunca.

Hace un tiempo le sugerí que escribiera sus memorias. Resultaría interesante leer lo que Mom contaría sobre su niñez y adolescencia en Ecuador; las anécdotas sobre su padre, mi abuelo Juan, "el genio", tan chiflado y arrogante como su hija; las experiencias horrendas que se vio forzada a vivir en este país extraño y ajeno que luego hizo más suyo que su tierra nativa.

"¡Qué magnífica idea me has dado hijo! Por supuesto que voy a escribir mis memorias. Pero como hay cosas que no puedo decir, que lo digan otros. Tú, Gilly, mi hermana y mis amigos se encargarán de contar mis historias. ¡Fantástico, el recuento de mis memorias comenzará con un evento malvado y la posibilidad de mi muerte!".

Me la imaginaba bailando con las manos hacia atrás, imitando a Mick Jagger, saltando con ese par de piernitas flacas y pies juanetudos que tiene. *"You are full of shit!",* le solté indignado, en inglés, como hacía cada que me salía con sus genialidades ridículas. "¡Cobarde, eres una cobarde! Como siempre escondiéndote detrás de otros para quedar bien, para evitar responsabilidades. ¿A qué le tienes miedo? ¿A hablar de tus debilidades, de tus culpas y putadas? Sé valiente y enfrenta la verdad de una maldita vez". Su respuesta me puso un tapón en la boca, "Déjame hacer mi regalada gana, aquí la escritora soy yo".

Mom no sabía cómo, o no podía, hacer sugerencias, menos dar recomendaciones. Nunca nos advirtió de los peligros; sin embargo, nos permitió a Gilly y a mí hablar sin tapujos; a luchar contra el maltrato recibido y de esta manera sacarnos la ponzoña del alma. Eso es algo que le agradezco. Nunca nos regañó como hacen otros padres por decir en voz alta lo que pensábamos, aunque los ataques y los reproches fueran contra ella. Claro que a veces se iba de mocos porque nos íbamos de lengua, pero igual aguantaba los latigazos. Tampoco nos reñía por decir groserías, más bien celebraba que nos desahogáramos. Cuando nos escuchaba profanar a diestra y siniestra nos decía: "Las insolencias ayudan a vaciarnos de la rabia y limpiarnos por dentro". Permitirnos esa libertad era su manera de decirnos que estaba bien no ocultar lo que pensábamos de otro, no por respeto sino por cobardía.

"Así es como debe ser, no como equivocadamente me enseñaron mis padres. Es saludable hablar, decir las cosas de frente, no importa que la gente nos deteste por cantarle las cuatro y refregarle su mierda en las narices. Mis hermanos y yo callábamos, así nos estuvieran matando o el mundo se nos cayera encima, sólo para no ofender a los demás. Por eso abusaban de nosotros, se aprovechaban, nos veían la cara de pendejos y nos trataban como si fuésemos unos tarados". Eso nos decía Mom recordando episodios amargos, hoy que tiene agallas, quisiera volver a vivir para darle una patada en el culo a todos los desgraciados que le jodieron la existencia.

Al llegar a Nueva York, Mom vivió en casa de la tía; resentía de la manera asquerosa con la que esa mujer la trataba: "Era como si en vez de ser la media hermana de mi madre fuera una enemiga. La vieja creía que había conseguido una sirvienta que debía obedecer sin levantar los ojos del piso si quería comer; no contenta con eso, robaba el poco dinero que ganaba trabajando en las llamadas 'factorías.' Sus propios hijos y yo, también la gente a su alrededor sufría las consecuencias de su baja estima y los resentimientos que le retorcían las tripas y el alma".

Al conocer lo mala que fue la tía con mi Mom, me alegraba saber que yo llamaba *Puta* a esa mujer. Mom cuenta que cuando comenzaba a pronunciar mis primeras palabras ella me repetía: "puta, puta, puta", para que yo insultara a la gente como si decir palabrotas fuera una gracia de niño. *¡Puta!* la llamé al hablar con claridad y al caer en cuenta que la mierda le regresaba como si fuera un búmeran, enojada dio quejas a Mom. Afortunadamente, ya no hubo marcha atrás porque yo creía que se llamaba así, para mí *Puta* era su nombre, lo tenía bien merecido.

Mom llegó a New York durante la presidencia de Richard Nixon, que terminó con su renuncia debido al escándalo Watergate. Durante el proceso de destitución, a Nixon lo acusaron de obstrucción de la justicia, encubrimiento criminal, abuso de poder y complicidad en el robo de copias de documentos ultrasecretos. El caso *Watergate* añadió más decepción al pueblo estadounidense, ya amargado por las dificultades y pérdidas previas como fueron los resultados de diecinueve años de intervención en la guerra de Vietnam y los asesinatos de John Kennedy, Robert Kennedy y Martin Luther King.

Durante los años setenta los inmigrantes eran bienvenidos; la nación americana necesitaba mano de obra barata para toda clase de mercancía que se manufacturaba y ensamblaba en las fábricas. Los inmigrantes, documentados o no, hacían el trabajo que en los años noventa los acuerdos y negociaciones del Tratado del Libre Comercio entre los países norteamericanos echaron por el suelo. NAFTA, por sus siglas en inglés, fue un convenio beneficioso para los dueños de industrias y empresas, firmado por los jefes de estado, ávidos de poder. El convenio estaba destinado a eliminar las barreras aduaneras e incrementar las oportunidades de inversión entre los tres países del norte. Mom decía que no se podía creer en las declaraciones de un político; su trabajo consistía en decir embustes como si fueran palabras salidas del fondo del alma. Los políticos se parecían a los vendedores de ungüentos a base de grasa de culebras que había en su tierra. Esos embusteros (quienes decían estar dotados como el Nazareno, resucitador de muertos) podían convencer al más incrédulo sobre las ventajas de "la pomada milagrosa".

Bajo las luces de reflectores y cámaras, mirando directo, sin pestañar, los encantadores de las nuevas naciones pedían que leyéramos sus labios y no sus intenciones. *"Read my lips: no new taxes"*, dijo George W. Bush, y sin ningún esfuerzo, como si fuera lo más normal del mundo, él representó su papel de vendedor de mentiras. En 1992, Bill Clinton citó la frase de su contrincante durante la campaña presidencial como ejemplo de una promesa incumplida, logrando que Bush perdiera la reelección. Así como Bill Clinton, el cuadragésimo segundo jefe de la nación estadounidense, durante el escandaloso, *zipper-gate/tail-gate/Monica-gate*, con su carita de *yo no fui*, jurara no haber mantenido relaciones sexuales extramaritales con la señorita Mónica Lewinsky (una pasante de la Casa Blanca) él anunció las maravillas de su pomada culebrera: *"Este pacto significa empleos. Trabajos bien pagos para el pueblo americano. Si yo no lo creyera, no apoyaría este convenio"*.

Y sucedió que el "beneficioso" tratado provocó el desempleo de miles de personas, y que los propietarios de pequeños negocios se fueran a bancarrota. Los trabajos bien pagados no estaban destinados a los obreros sino a los grandes empresarios. Los *bosses* abrieron sus fábricas al otro lado del Río Grande, las llamadas "maquiladoras", donde el jornalero mexicano, en su mayoría campesino, hacía el mismo trabajo de ensamblaje que los inmigrantes por un salario muchísimo más bajo y sin las exigencias requeridas de derechos laborales y seguros de salud. El convenio sirvió para sacar del medio a los competidores latinoamericanos y el imperio norteamericano pasara a ser el único mercado de exportación tanto a México como a Canadá.

La producción agrícola a mayor escala requirió el uso de herbicidas, fertilizantes, pesticidas y procesos dignos de un cerebro genialmente siniestro. Un mango, una manzana, una papaya, un pollo, dejaron de ser simples frutas y aves de corral; pasaron a convertirse en organismos genéticamente modificados. Resentida, Mom decía que comerlos daba lo mismo que intentar suicidarse. Las corporaciones agroquímicas que ya habían metido al bolsillo su cuantiosa parte del pastel anunciaron que frutas, verduras, tubérculos, vacas y pollos no sólo eran más apetitosos y atractivos sino más saludables. "Mira este tomate rojito y pulposo, esta naranja dulce y sin pepas, esta calabaza gigante, este repollo, este pepino..., no tienen picaduras como los que cultivaba la abuela en su patio", decía la propaganda.

La vida de las personas se convirtió en un negocio más. ¿Qué importancia podía tener un mugroso más o un mugroso menos? ¿De dónde salía toda esa gente tullida o descerebrada que enriquecía a la industria biotecnológica? Monsanto había invadido la nación. Sí, daban ganas de llorar ver cómo el cáncer, la obesidad, el autismo, los problemas de aprendizaje y el Alzheimer se iban apoderando de la población. Mom decía que Estados Unidos había ganado el derecho a ser una potencia mundial; sus medidas imperialistas eran necesarias para proteger los valores de democracia y libertad, tanto como los intereses económicos del país. Para ella, el sistema capitalista era lo más indicado para crecer y avanzar. Sin embargo, se preguntaba, "¿Qué se quiere lograr con tanta avaricia y ganas de joder a los demás? ¿Es que acaso los poderosos pueden comer dólares?".

Mom comentaba que en Ecuador, en la escuela donde ella hizo sus estudios, sólo conoció una compañera que tenía problemas de aprendizaje. "Y fíjate que en la escuela donde ahora soy maestra, es difícil encontrar un muchacho que no tenga algún problema físico, emocional o de comportamiento. La mayoría de los estudiantes comunes no son diferentes y se confunden con esos clasificados como *learning disabled*".

En el 2002 las cosas empeoraron cuando China, responsable en dar de comer al veinte por ciento de la población mundial, junto a otros países del Asia, se las ingenió para no quedar fuera del juego e invadir muchos de los mercados abiertos por uno de esos dichosos tratados comerciales. Las ciudades imperiales crecían envueltas en la contaminación y la inmundicia provocada por los desperdicios que recogían de las fábricas textiles, metalúrgicas y químicas. Mom tenía razón al decir que daba miedo pensar en el futuro, ver que avanzábamos entre la basura y los excrementos. "¿Quién vendrá después de los putos chinos?"., ella preguntaba: "Ya no nos quedará adónde correr y echar mano. La gente que vendrá después de nosotros necesitará usar máscaras antigases para poder respirar y sobrevivir. El planeta no dará para más con ocho o nueve mil de millones de muertos de hambre. Uno encima del otro, atosigados de monóxido de carbono; dióxido de sulfuro; rumas de basura, plástico y mierda. Pienso que probablemente los *zombis* que se muestran en esas series televisivas tan de moda, llegarán a materializarse cuando ya no queden perros, ratas ni sapos y tengamos que comernos los unos a los otros. Se asegura que las cucarachas pudieron sobrevivir inclusive a la detonación de la bomba atómica, pero, así como vamos, ya no podrán salvarse. Será la hambruna general la que logrará extinguirlas".

Era una de las virtudes o defectos de Mom, dependiendo de la situación, decir en voz alta lo que estaba pensando. Como ella no conocía lo que significaba ser prudente, muchas veces se metía en serios problemas. En repetidas ocasiones llegó a casa asustada y segura de que al día siguiente la echarían de la escuela donde era maestra; escuchándola, no podía evitar preguntarme ¿qué ideas pondrá en las mentes de los jóvenes bajo su tutela en los salones de clase? Ella decía que como civilización estábamos jodidos; eran tantas las jugadas sucias y tenebrosas a las que nos sometían los poderosos, que los habitantes del planeta ya no soportaríamos más: "Estamos llegando al momento en que la única salida razonable para despejar el ambiente y aliviarnos de la carga que significa siete u ocho mil millones de desgraciados hambrientos será el uso de una bomba; no cualquier bomba como las que amenaza tirar el loquito dictador coreano Kim Jong-un, sino la mamá de las bombas, la termonuclear, ahí acaba tanto cuento, tontería, egoísmo y avaricia".

Mom cuenta que los inmigrantes siempre fueron vistos como indeseables, por lo tanto, perseguidos. Pero cuando las fábricas e industrias se trasladaron a México, aprovechando los convenios del Libre Comercio, ese resentimiento y odio se acrecentaron. Los trabajadores inmigrantes dejaron de ser útiles, se convirtieron en un estorbo. El Departamento de Inmigración movilizó redadas y tramitó deportaciones a gran escala. En buses recogían a la gente que se encontraba en cines, restaurantes, parques, estadios y todo lugar público. No había donde esconderse porque *La Migra*, como se llamaba a los agentes, estaban en todo lado; allanaban los negocios que aún se mantenían en pie e inclusive se presentaban en las viviendas de los "*ilegales*". Mom no fue la excepción. "La primera vez escapé porque uno de los compañeros en la *factoría* que tenía papeles en regla, ayudó a meterme en una caja y puso encima rumas de telas. Los quince o veinte minutos que duró la visita de los agentes de inmigración me parecieron siglos. Cuando aquel buen hombre me sacó de la caja apenas si podía respirar y tenía las piernas acalambradas. Recuerdo la segunda vez, alguien gritó: ¡La Migra!, y yo puse patitas en polvorosa. No sé cómo pude bajar corriendo los cinco pisos que me separaban de la libertad y seguir corriendo cerca de diez cuadras con estas patitas flacas, con una tremenda panza de seis meses de embarazo y un frío del carajo".

La Reforma Migratoria firmada por el cuadragésimo presidente Ronald Reagan en noviembre del 1986, legalizó a casi tres millones de inmigrantes indocumentados llegados a Estados Unidos antes del primero de enero de 1982. La amnistía permitió que Mom se convirtiera en residente permanente, luego en ciudadana estadounidense. También permitió que fuera propietaria de un negocio de textiles, el cual perdió en 1994 debido al Tratado de Libre Comercio entre los tres países del norte. Para Mom, Ronald Reagan era un dios; celebraba sus decisiones y mandatos; sus políticas económicas llamadas *Reaganomics,* eran para ella medidas propuestas por un genio. Durante sus dos términos presidenciales la economía vio una reducción de la inflación. Ronald Reagan promulgó los cortes en los gastos domésticos, aminoró los impuestos. Sus conversaciones con el secretario general de la Unión Soviética, Mikhail Gorbachov, culminaron en el Tratado del Control de Armas de 1987, el cual redujo el arsenal nuclear de ambos países. A pesar de haber incrementado los gastos militares que contribuyeron a triplicar la deuda federal, al término de sus ocho años como jefe de estado, Reagan obtuvo un índice de aprobación del 68%, comparable al que recibió Franklin Roosevelt al término de su mandato.

Para Mom ser ciudadana de Estados Unidos significaba haber escapado de una pesadilla; ya no tendría que esconderse, ya nadie podría hacerla sentir menos, denunciarla a las autoridades o ser deportada. Mom echaba de menos el país que la vio nacer, añoraba su naturaleza salvaje, sus montañas, sus pueblos indígenas..., sin embargo, era esta Nueva York, *donde la gente era grosera e insensible*, el lugar donde ella quería estar.

A Mom le importaba una paja que muchos de sus paisanos la llamaran "vende patria" o traidora; a ella la complacía ser ciudadana estadounidense. Mom conocía hechos históricos que muchos nativos daban por sentados a la ligera y que quizás ignoraban. Cuando dijo que Franklin Roosevelt fue el único presidente electo cuatro veces consecutivas, tuve que buscar la información para comprobar si era cierta. Efectivamente, Roosevelt murió en abril del 1945, tres meses después de ser electo por cuarta vez como jefe de estado. Sí, Franklin Roosevelt obtuvo un índice de aprobación del 68% por sus decisiones político-económicas en favor de la nación. Roosevelt lideró el país durante la Gran Depresión, la época de la crisis económica más grande en la historia de los Estados Unidos. La variedad de programas y reformas incluidas en *The New Deal*, el plan propuesto para regular la economía, produjo alivio y recuperación a trece millones de desempleados y a la mayoría de los bancos que habían cerrado sus puertas. En 1941, durante su tercer término presidencial, el ataque japonés a Pearl Harbor obtuvo del Congreso una declaración de guerra al Japón. En respuesta, Alemania e Italia le declararon la guerra, y así Estados Unidos formalmente participó en la Segunda Guerra Mundial; bajo el liderazgo de Franklin Roosevelt, Estados Unidos se convirtió en una super potencia.

Mom dice que cuando llegó a Estados Unidos, ella tuvo que trabajar en lo que se le presentara para poder comer y sobrevivir: "No podía aspirar a nada mejor porque no tenía un título profesional, un oficio y no hablaba el idioma". Tampoco podía darse el lujo de regresar; su madre le había costeado un pasaje de avión sin retorno para que a las buenas o a las malas hiciera algo provechoso y saliera adelante. Su madre, la familia, y todos los que la conocían aseguraban que en Ecuador no tenía futuro y siempre sería una nadie.

Resentida, Mom nos relató la historia:

"Ninguno daba un centavo por mí, además de tímida e insegura mis atributos físicos no me ayudaban en nada. Poseía un par de tetas gigantescas, *talla tremebunda,* como me bromeaba mi hermano, no iban con el resto de mi cuerpo. Mis tetas en vez de ser una cualidad eran una atrocidad, algo grotesco parecido a la giba en las espaldas de Quasimodo, pero puestas por delante. Para colmo de males era muda; hablar era para mí una tortura, entraba en pánico, temblaba y me brotaban las lágrimas. '¿Y ahora con qué tonteras va a salir esta niña boba?' preguntaba la Toby, mi madre, cortándome la viada. Ella pensaba que yo era autista. No cambió de parecer a pesar de que fui reconocida por mis maestros como una niña talentosa y en la secundaria me gradué con honores. Empeñada en considerarme una idiota, mi madre de seguro pensaría que todos esos reconocimientos me los daban porque me tenían pesar; Toby, mi madre, era infeliz porque llevaba en el corazón un secreto clavado como un aguijón emponzoñado. Lo inexplicable es que descargara su amargura lanzándola sobre mí, no contra los otros hijos".

Escuchando las conversaciones que Mom mantenía con sus hermanos supe que mucho tiempo después, cuando la vejez estaba por arrancarle la vida, mi abuela Toby pudo confesar el secreto que le envenenó la existencia, por el que se casó con un hombre al que no amaba y tuvo los hijos que no quería tener.

Aún no logro explicarme los motivos por los cuales Mom pagó las consecuencias de la violación a la que Toby fue sometida casi media vida por un tal Zacarías, el maldito degenerado que fue su padrastro. Mom tampoco conocía las razones, pero imaginaba que Toby sospechaba que fue ella la que puso 1080, el veneno que se usaba para matar a las ratas, en la colada que todas las tardes ingería el "falso abuelo". Toby era la encargada de la cocina, por eso sus hermanos, hijos del maldito Zacarías, la culparon de querer matar al "pobre viejo" y convirtieron su vida en un infierno; peor aún, quizás Toby pensaba que Mom podría ser hija de ese miserable que continuó ultrajándola aún después de estar casada con mi abuelo, bajo pena de hacer pública "la relación" que según el maldito, ellos dos mantenían en secreto.

Felizmente y gracias a las pruebas del ADN, tan de moda en estos días, se comprobó que la sospecha era falsa, el padre de Mom era Juan. Era conocido que mi abuelo tenía cierta preferencia por mi Mom, pero no podía hacer mucho a su favor porque como ella contaba, lamentablemente, en casa "el genio" no tenía voz ni voto y sus opiniones eran consideradas lo mismo que la caca.

Juan conocía muchísimas cosas interesantes, otras no tanto, y las que no sabía, se las inventaba. Todo su conocimiento no le sirvió de mucho. Para casi todo el mundo tener éxito significaba acumular dinero y propiedades. Para Juan el conocimiento era un goce interno, alimento para las neuronas y regocijo del espíritu. Sacar un provecho material de aquello que se incorpora al cerebro, al espíritu…, eso nunca. Penosamente en este mundo en el que vivimos no se perdona esta actitud considerada de vagos; los que no producen y se enriquecen sencillamente son perdedores.

Las leyes de la genética son rigurosas; se heredan los rasgos físicos, pero también se hereda la actitud, la manera de ver las cosas; y como la maldita genética no perdona, aquí estoy yo, condenado a acumular información que como decía Mom, "sirve para un carajo".

Mom celebraba esta cualidad de mi abuelo, sin embargo, en mi caso no la perdonaba. Al mirarme muchas veces, sus ojos reflejaban desencanto; seguramente pensaría que yo no tenía el coraje necesario para ser un triunfador; que me faltaba ambición; que tenía miedo de no ser capaz de cubrir las expectativas que había despertado; miedo de no llegar a donde se creía que debería llegar. Según Mom, mis estudios como historiador del arte y lector incansable, eran una pérdida de tiempo que a ninguna parte me llevarían; y dale con la misma cantaleta: "Yo que vine de un paisito de mierda, sin hablar una pizca de inglés, tuve un negocio, hice estudios universitarios y ustedes que nacieron en este gran país deben llegar más lejos".

Mom no aceptaba que le dijera que todo lo que deseaba era ser feliz, tener tiempo para disfrutar de mi familia, hacer las cosas que me gustaban y me interesaban. Aunque no lo dijera, para ella, como para el resto del mundo, el éxito significaba mostrar que estabas arriba, encima de los otros; preferiría que sus hijos fueran de esos tipos que arrumaban billetes, aunque no supiesen dónde estaban parados; ¡yo no pensaba igual! Me apenaba atestiguar la ignorancia de la gente; si acaso reconocían a Einstein era por la melena despeinada, a van Gogh por la oreja cortada, a Washington porque su cara estaba en los billetes de un dólar. Si habían oído hablar de Hitler era debido a la requete repetida historia sobre los millones de judíos que durante la Segunda Guerra Mundial el criminal mandó gasear en los campos de concentración.

Al escuchar el nombre de Hitler, Mom exclamaba, "¡Qué tipo tan loco! Muchos lo llamaron el Anticristo porque vieron en su acción el deseo de destruir la labor amorosa del Jesús histórico cuando de acuerdo con la obra de Nietzsche, *el Anticristo* era la perversa casta sacerdotal que usaba el nombre del Cristo para cometer crímenes e imponer su voluntad a aquellos dispuestos a aceptar mentiras y abusos sin ofrecer resistencia. Con toda razón Fernando Vallejo, copiando de los albigenses, llamó *La puta de Babilonia* a la iglesia de Roma".

La malicia y el sarcasmo fueron otros rasgos que Mom y yo heredamos de Juan.

Hablando del monstruo alemán, Mom decía mordaz: "Si Hitler hubiera torturado y eliminado a esos seis millones de infelices no aprovechando su situación privilegiada sobre la inferioridad ajena, sino apelando a la felicidad prometida por el cristianismo, de seguro que ninguno lo hubiera condenado ni tachado de criminal. Así como no lo hicieron con los conquistadores europeos que masacraron, torturaron y violentaron a treinta y seis millones de indígenas americanos porque junto con las espadas y los caballos trajeron la cruz y la Biblia".

Mom resentía el detrimento causado a los nativos americanos, sus ancestros. Mom me relató que, durante su viaje a España junto a uno de sus amigotes, estando parada en la plaza frente a la catedral de Santiago de Compostela sintió igual que si la hubiera mordido una víbora.

"La mujer que nos sirvió de guía, señalando las tres imágenes del que fuera discípulo del Cristo, dijo, 'El del medio representa a Santiago el peregrino, el de la derecha a Santiago el mata-moro y el de la izquierda a Santiago el mata-indio.' En ese momento vi correr sangre y creí escuchar el grito de guerra que usaron los españoles para masacrar a los indígenas: '¡Santiago, a ellos!' No pude contener la rabia y sin importarme la gran cantidad de gente que me rodeaba grité, '¡Santiago hijo de la grandísima puta que te parió, mil veces seas maldito!' La guía y los que que estaban cerca se alejaron mirándome como si estuvieran fente a una loca escapada del manicomio, y mi amigo corrió a esconderse en la catedral fingiendo no conocerme".

Para mí, esa era Mom, la que no le importaba quedar en ridículo si se trataba de hacer escuchar su voz, la que tenía que hacer relajo si alguien intentaba avasallarla. No me la imaginaba pendeja y sumisa como dicen que fue cuando era una muchachita. Era difícil de creer, pero alguna vez Mom fue ingenua. Me dolía escucharla, recordar y contar episodios amargos de esa época. Mom empezaba el segundo año de arquitectura cuando el mandatario de su país ordenó el cierre de colegios y universidades. Esta medida evitaba que los estudiantes se reunieran a planear y realizar manifestaciones callejeras que ponían en peligro la política dictatorial del gobierno; fue entonces, cuando Mom vino a los Estados Unidos.

Mom nos contó la historia:

"Ve a Nueva York con mi hermana (*La Puta*) un par de meses antes de que se reinicien las clases en la Universidad; mi madre me convenció y yo feliz de ir con mis primos de vacaciones cuando la verdadera intención de Toby era deshacerse de una carga: yo".

"Un problema menos, una boca menos, una boba menos".

"Ya al segundo día de llegar a Estados Unidos terminaron las vacaciones. 'Si no te ganas el sustento te mueres de hambre, ¡*cojuda de mierda*!,' sentenció *La Puta* y no tuve otra que meterme a una factoría a sacarme la mugre. Trabajé en lo que podía; cortando hilachas de cien pesados abrigos por hora;

poniendo juntas las piezas de cincuenta lámparas por día; colocando en un transportador miles de artículos para ser bañados en oro; sellando en un horno el plástico protector de marcadores y lapiceras. 'Soy demasiado inteligente para destrozarme de esta manera en menesteres rústicos y roñosos como éstos,' me repetía a cada momento, viendo mis manos llagadas y sangrantes, consciente de saber que no era una mula de carga".

"Para bien o para mal, yo no era ninguna de mis tres hermanas que quedaron en Ecuador y que se hicieron médicas sin atravesar el infierno al que por ignorancia, rabia, complejo o necesidad, mi propia madre me había condenado. Contra viento y marea debía demostrarme a mí misma, a Toby y a quien fuera, que podía salir adelante; que no era el fracaso que me habían pronosticado. Algo me decía que no estaba en mi destino ser una perdedora, que de mí dependía la vida que me tocara vivir, que los tiempos mejores no llegarían sin mi participación".

"Como bien había escrito Shakespeare: '*El destino es el que baraja las cartas... pero nosotros somos los jugadores.*' Por eso un día me dije: 'hasta aquí llegaste, basta de llantos y lamentaciones'; con los certificados traídos de mi país en las manos fui a matricularme en una universidad".

"La aceptación en el City College of New York fue uno de los momentos más felices de mi vida. No sabía cómo costearía mis estudios, pero sí que tendría una carrera, así me tomara una vida conseguirla. Había llegado el momento en que estaba dispuesta a meter la mano en la mierda para salir de ella".

Mom pidió respaldo a la vieja perversa, *La Puta*, todavía creyendo que podía contar con ella, convencida de que era posible confiar en una culebra. Mom era muy joven entonces y no tenía la experiencia ni la malicia suficientes como para saber qué hacer en los momentos de necesidad; así como en el cuento donde una tortuga ayuda a una serpiente a cruzar el río llevándola a cuestas,

Mom, lo mismo que la tortuga, creía que el rastrero animal no la mordería.

"¿Quién te has creído que eres?"., le preguntó la vieja: "Uno viene a este país a partirse el lomo como todo el mundo y no a estudiar. *Cojuda de mierda*, mamerta igual que tu madre y toda tu parentela de pobres diablos", dijo la vieja sin que yo pudiera comprender que quería decir con aquello de 'parentela de pobres diablos,' si se suponía que ella era hermana de Toby. "La vieja perversa fue a sacar unos papeles de una gaveta y regresó con ellos para blandirlos en mi cara. Sentí que me faltaba el aire, que me daba un infarto, lloré de pena y rabia. No pude pronunciar una sola palabra, abatida por un dolor que me apretaba la garganta cuando ella dijo: 'Esta es la beca para estudiar en los Estados Unidos, a la que aplicaste antes de que terminaras la secundaria. Yo sabía que te llegaría y estuve pendiente para robártela y ahora te la entrego *cojuda, come-libro de mierda*.' La vieja era dueña de un espíritu enfermo, mezquino, detestaba esa curiosidad por conocer y esas ganas por salir adelante que teníamos los hijos de Juan. De alguna manera, y con el consentimiento de Toby, había venido a dar a esta casa donde la maldita mujer trataba de cortarme las alas, jalarme para que no trepara al bote salvavidas y me hundiera en la mediocridad".

Mom no hizo nada para castigar y mandar a la mierda a esa vieja desgraciada porque sus padres le habían enseñado a soportar el abuso y el maltrato sin decir una palabra; Mom ni siquiera se atrevía a decirle que su nombre no era *Cojuda de mierda*, como *La Puta* acostumbraba a llamarla.

Años más tarde, fue mi hermana Gilly, una niña de trece años, harta de los abusos de la *fucking* vieja, la encargada de hacer justicia y echarla de nuestra casa, igual que se hace con un perro sarnoso, le dijo: "Vieja de mierda, agarra tus cosas y lárgate de mi casa o juro por mi madre que te hago rodar por las escaleras", gritó Gilly y *La Puta* como la serpiente que era escupió su veneno.

"Negritilla de mierda, trompuda cara de culo, te vas a freír en el infierno junto a la cojuda de tu madre", dijo *La Puta* agarrándose la vagina y mostrando el dedo del medio. La vieja se fue y Mom no dijo ni pío porque era lo que había aprendido: aceptar el abuso sin quejarse.

Por aquel entonces Mom era tan miedosa y tan apocada, que no mató o por lo menos pateó y arrancó los pelos a la mujer que me cuidaba cuando yo era un niño de menos de tres años. La maldita me encerró en un closet por horas y cuando Mom llegó a recojerme, estaba inconsciente, mojado y cagado; Mom no volvió a dejarme con esa hijueputa mala leche, pero, no la castigó.

En algún momento a todos se nos ocurren cosas malignas porque es lo que dicta nuestra naturaleza, pero había gente tan mierdosa como *La Puta*, que se alegraba de hacerlas. Gracias a que crecí sin su presencia, porque no sólo la habría echado de la casa, sino que también la habría agarrado del pescuezo por ser tan mala persona. Mom siente rencor, dice que se le retuercen las tripas cuando la recuerda, pero acepta que fue un mal necesario: "Ahora creo que fue para mi bien porque eso hizo que aprendiera a estar atenta, lista para endurecer las alas y volar. Como decía mi padre mientras plantábamos la palmera frente a la casa (que estaría llena de cocos para cuando yo regresara de mi viaje a los Estados Unidos): 'Hija esta planta necesita nutrientes, estiércol, caca de vaca... La mierda del animal es el mejor abono para que las plantas crezcan fuertes.' En aquel entonces, Juan y yo no podíamos saber que ese regreso se cumpliría en diecisiete larguísimos años".

Ahora, metido en el atolladero, mientras lentamente avanzo junto a los otros conductores, pienso en las veces que le dije a Mom que la amaba. Se lo dije muchas veces cuando era niño. Seguí amándola, pero dejé de decírselo porque sus incoherencias y manera de ser me sacaban de quicio. La amaba, sin embargo, trataba de humillarla, de hacerla sentir culpable; soy un ingrato y un resentido; sólo pienso y recuerdo las cosas que me lastimaron. Jamás me interesó saber sobre su niñez o su adolescencia. Mom no sabía montar bicicleta tampoco patinar, entonces, ¿cuáles eran sus juegos? ¿Qué hacía cuando no iba a la escuela si en aquel entonces no había televisión, teléfono o juegos electrónicos? ¿Tenía amiguitas?

Sí las tuvo, por lo menos tuvo una porque recuerdo a Teresa; realmente se llamaba Chiwon. Mom siempre mencionaba haberla conocido desde el primer grado y haberse graduado juntas en la secundaria. Teresa vino de visita cuando yo empezaba la primaria y luego cuando cumplí los once. La recuerdo porque era china, había nacido en Cantón y cocinaba delicioso. Mom estuvo feliz con su visita, reían juntas de cosas que para mí no tenían sentido, como eso de salir corriendo a la calle cuando la tierra temblaba; lo rico que sabían las grosellas con sal, las faldas cortitas que usaban bajo el recatado uniforme. Escuchándolas conversar supe que tenían quince años cuando hablaron por primera vez por teléfono y no sabían por cuál lado se tomaba el auricular. Sé cómo lucían esos aparatos porque todavía estaban en casa hasta que tuve nueve años y un día; de la noche a la mañana, así como por arte de magia, tuvimos uno que era inalámbrico, de una sola pieza, no había que rotar los números con un dedo.

Gilly me contó que fue desolador ver a Mom llorar la muerte de su hermana menor y dos días después la de su amiga Teresa. Muertes y sepelios en los que no estuvo presente porque la hermana murió en Ecuador y la amiga en California. El dolor por esas pérdidas duró meses, y sin embargo, no echó una lágrima por ninguno de sus padres; y eso que siempre aseguró amar a Juan. "Más que amarlo admiraba su curiosidad por el mundo que lo rodeaba y por sus ideas disparatadas. Me habría gustado disfrutar más tiempo de su compañía, pero Toby lo impedía. Ella decía que no se podía confiar en nadie, que los hombres eran perversos y sólo buscaban dañarnos, incluso mi padre".

Abuelo trabajaba para el departamento de inteligencia gubernamental, en las dependencias militares que operaban en Guayaquil. Su trabajo consistía en descifrar los códigos de los informes internacionales escritos en clave. Juan era una tumba con todo lo referente a su trabajo; jamás divulgó ninguna información secreta, más bien la protegía. Sin embargo, su discreción no le impedía hacer comentarios maliciosos sobre los reportes noticiosos. Mom dice que escuchar sobre los acontecimientos del momento parecía no sorprenderlo. "Ese ya era hombre muerto, ahora que se cuide el hermano", dijo mientras el mundo entero conocía del tiroteo en Dallas donde cayó acribillado el presidente Kennedy. También maliciosamente dijo: "Era de esperarse que Israel con sus cazas bombarderos 'made in USA' pudiera aniquilar la aviación egipcia, la jordana y la siria. Israel posee la supremacía aérea del Sinaí porque tiene a los Estados Unidos envuelto en el dedo meñique".

Cuando el 20 de julio del 1969 la televisión transmitió el alunizaje del Apolo 11 y se vio a Neil Armstrong, dentro de su casco y traje espacial, dando saltitos sobre la superficie lunar, Juan dijo: "¡Ajá! Quién va a creerle semejante patraña a los gringos. ¡Como si se pudiera llegar a la luna montado en una escoba!". Esa fue una de las historias que Mom me contó del abuelo y que lo hacía parecer loco, pero para mí tenía mucha lógica.

Una vez que fue retirado de sus funciones en las oficinas militares, Juan dedicó su tiempo a "pendejear" como decía la abuela Toby. Hacía anotaciones en un cuaderno mientras atentamente escuchaba los ruidos en las paredes producidos no por el tráfico de vehículos, sino por el paso del viento. Según él, ya que era experto descifrando claves, podía encontrar los códigos de los mensajes enviados por los espíritus que habían abandonado este mundo.

"¿Cuáles fueron los resultados? ¿Tuvo éxito?, pregunté", y Mom respondió: "No lo sé, precisamente ese año vine a Estados Unidos y cuando, diecisiete años más tarde regresé a casa, habían echado a la basura todas las pertenencias del viejo".

Cuántas cosas que ignoraba sobre la vida de Mom, las razones por las cuales era como era. Alguna vez me pasó por la mente que Mom siempre fue adulta, jamás vi una foto de ella antes de que llegara a los Estados Unidos. La abuela Toby vivió tres años con nosotros, y no pude conocer más detalles porque muy poco hablaban entre sí. Que fueran madre e hija no significaba mucho porque eran un par de extrañas que no sabían llevarse ni bien ni mal; a ninguna de las dos les importaba saber de la otra. Yo tenía nueve años cuando Toby llegó a casa, era un niño y aun así pude darme cuenta de que la abuela no soportaba a Mom, más bien le fastidiaba su presencia. Con razón Mom decía que ella contaba menos que el perro para su madre; por lo menos el animalito era simpático, gracioso y cuidaba la casa. Su madre le decía que era fea, tarada y servía para un carajo.

Parece ser que Mom fue el resultado de un polvo mal hecho, una tirada sin ganas y sin permiso. "Abuela cuéntame de Mom. ¿Cómo era de niña? ¿Era traviesa? ¿Qué diabluras hacía?". Abuela nada tenía que decir. Ni siquiera tenía imaginación para inventarme un cuento, montarme una representación de teatro infantil y hacerme creer que amaba a mi Mom, ¡qué tristeza!

Sigo rodando junto con el tráfico, pensando que en este momento me gustaría abrazar a Mom y decirle que la quiero. Siendo un adolescente Mom y yo veíamos una serie televisiva cuyo nombre no recuerdo. La serie trataba sobre un viejo testarudo y mal encarado. En un episodio el viejo se encontró con su hijo con el cual mantenía una relación distante y poco cordial; padre e hijo conversaron y descubrieron afinidades que desconocían; al despedirse, el viejo visiblemente enternecido exclamó, *"I love you"*. Quizás por primera vez los dos hombres se abrazaron, prometieron decirse "te quiero" cada vez que se encontraran, acaso fuera la última vez que estuvieran juntos. En ese momento Mom y yo prometimos hacer lo mismo; sin embargo, con el paso del tiempo, por encontrarlo cursi y a causa de rencores inútiles, dejé de hacerlo.

Sintiendo una oleada sentimental que me recorre todo el cuerpo, salgo de la carretera y llego a la esquina de la calle 21 y la avenida 41 en Long Island City, pensando encontrar la vieja casa donde nací. En su lugar encontré un edificio de lujosos apartamentos. Hasta comienzos del 2010 Long Island City era una zona industrial donde se encontraban muchos edificios que servían de fábricas y casas modestas junto al puente Queensboro, a un costado del East River. De este lado del río la silueta de Manhattan era todo un espectáculo, parecía una tarjeta postal con su Empire State y la serie de rascacielos desafiando las alturas. Hoy en día Long Island City es un lugar futurístico en un proceso dramático de renovación, con torres de cuarenta pisos y más, parques y galerías de arte.

Salí del carro, entré en un bar, pedí una cerveza y mientras bebía recordé la puerta de entrada a nuestra casa. La puerta metálica pintada de rojo, donde en una fotografía,

Mom, jovencita, sonreía junto a sus dos hijos pequeños. En la foto Mom me sostenía una mano y Gilly acariciaba al pequeño perro sentado en su regazo. Recuerdo que Gilly y yo fuimos felices viviendo con el padre de mi hermana hasta el momento en que mi padre entró en escena y las cosas cambiaron. Yo tenía siete años cuando Mom le dijo a su entonces esposo que yo era hijo de otro hombre. El padre de Gilly se portó como un caballero o como un cobarde. ¡vaya usted a saber! Quizás encontró la oportunidad para salir huyendo de esa mujer traidora y desleal que era Mom. El caso fue que el señor agarró sus cosas y se fue. Eso era lo que Aldous Huxley llamaba "realismo cínico". Esa es la mejor excusa de un hombre inteligente para no hacer nada en una situación intolerable. Todavía no comprendo como Mom pudo manejar esa situación y salir ilesa, sin siquiera un rasguño, cuando otras en iguales condiciones terminaban sin pelos, sin dientes, con huesos rotos o metros bajo tierra; con un agujero en pleno coco. No entiendo cómo yo pude aceptar que otro hombre, un intruso, fuera mi padre y no aquel que conocí y estuvo a mi lado desde que nací. Aquel señor fue bueno conmigo, quizás sospechando que ahí había gato encerrado porque él y yo éramos visible y completamente diferentes.

"Hijo debes conocer la verdad, aunque te duela; el padre de Gilly no es tu papá", dijo Mom igual que si dijera, ¡levántate que es hora de ir a la escuela! o el día está nublado"; sin caer en cuenta de que esa verdad me enfermaba y me podría el alma. Esas palabras acabaron con mi inocencia de niño y me impregnaron de resentimiento, desconfianza y cinismo. Desde entonces supe que la función de la vida consistía en acumularte basura, buscar la perfección era en vano. ¡Mom, envenenaste mi vida y también cagaste la de mi hermana!

Gilly odiaba al intruso con el alma, yo también lo odiaba; pero sin poder cambiar las cosas mi hermana y yo aprendimos el arte de la simulación. Pretendíamos aceptar al inaceptable, incluso llegué hipócritamente a llamarlo "Pa", cuando todo lo que quería era patear el culo de ese individuo que me había engendrado. Alguna vez me pasó por la mente la manera de sacarlo de en medio, estaba dispuesto a utilizar un raticida si fuera necesario, el 1080 con el que mi Mom, supuestamente, había envenenado al padrastro de Toby.

Mom empezó a sufrir episodios de vértigo; eso me detuvo de llevar a cabo el plan que destruiría mi vida por un miserable insignificante. No entiendo cómo Mom pudo soportar vivir a lado de ese gusano que nunca nos quiso, no nos respetó, ni nos apoyó. Felizmente, un día desapareció de nuestras vidas. No supe cómo ocurrió el milagro, pero sucedió. No hablaré más de él, ese hijo de puta no merece la pena.

Desde el bar llamo a mi mujer y le cuento que Mom está mal, "Gilly y su marido la han llevado a un hospital". Se lo cuento únicamente para que lo sepa. Suegra y nuera mantenían una relación desprovista de emociones, una relación helada. Ahí no había amor, tampoco odio, no existía ternura, delicadeza, animosidad, nada de eso. Las dos se hablaban sin hacer gestos, parecían dos estatuas que tenían la libertad de mover los labios. Harto de esa manera de tratarse que tenían estas dos mujeres que supuestamente me amaban, pedí a Mom que fuera amable con mi mujer. "¿Quieres que me ponga a brincar de gusto cuando la vea? Que agradezca que soy cortés con ella y que me he resignado a verla como la mujer que elegiste como compañera de tu vida", dijo airada, haciendo muecas.

Cuando le pedí a mi mujer que pusiera de su parte y fuera cordial con Mom, contestó algo parecido. "¿Quieres que me ponga a brincar de gusto cuando la vea? Que agradezca que la recibo en casa y que me he resignado a aceptar que es tu madre". Después, no insistí para no salir trasquilado de lado y lado. Con razón algún prudente o sabio dijo: "Para que suegra y nuera se quieran un burro debe subir la escalera. Suegra y nuera, perro y gato no comen del mismo plato".

Con mis hijas la situación era diferente. Mom se sentaba en el piso a jugar con ellas, no le molestan sus gritos y si las veía en apuros corría a socorrerlas. Seguramente ve en ellas mi continuación o más aún, la suya propia. Cuando nació la primera niña la tomó en brazos y en un susurro dijo, "Gracias por llegar a nuestras vidas. Contigo tus ancestros vuelven a nacer, yo estoy en ti, estoy en tu sangre, en tus genes".

Mom, como siempre repito, era un verdadero caso, mezcla de bobería e ingenuidad; soñaba con encontrar la forma de burlar la muerte. Para Mom la vida eterna existía. Sabía de los pinos cónicos que sobreviven por más de cinco mil años; había leído sobre un virus preservado en las estepas siberianas por treinta mil años y que volvió a la vida con sólo calentarse. Al enterarse de las gigantescas tortugas galápagos que sobrepasaban los quinientos años, investigó sobre su alimentación y empezó a ingerir los frutos de los cactus en grandes cantidades con intención de alargar la vida. Finalmente, lo único que consiguió fue llenar las paredes del estómago con las pepitas que tenía la fruta. Si no probó las pastillas de mercurio, el elixir alquimista que trecientos años antes de la era cristiana usara el primer emperador de China Quin Shi Huang, fue porque sabía que eran venenosas. Como no tenía una fortuna no podía aspirar al proceso de vitrificación criónica. Mom creía que biológicamente había alcanzado la inmortalidad a través de mis hijas, ahora estaba en una cama peleando para que parte de esa eternidad no se le escapara.

Después de que Gilly se casara y se fuera a vivir con su marido quedamos los dos solos en casa. Entonces Mom tomó más en serio su oficio de escritora. Piensa que escribir puede ser otra forma de lograr la eternidad. En un libro las palabras del que escribe viven para siempre. Luego de regresar de sus ocupaciones como maestra y terminar de cenar, se retiraba a su dormitorio para escribir, dejando la puerta abierta. Nunca supe la razón, aunque me la imaginaba; Mom mantenía las puertas de su cuarto y la del baño de par en par porque sentía pavor a quedarse encerrada. Cerrar las puertas implicaba quedarse a solas consigo misma, soportar la voz de su conciencia: "El encierro es para los místicos, para los beatos y monjes ¿qué mierda de vida es esa? ¡Espantoso! ¡Deprimente! Los cielos me libren de vivir en un claustro, en un monasterio, en las montañas mirando rocas y cielo, sin gente que me divierta. Soportaría convertirme en Drácula y quedarme encerrada en un castillo sombrío sólo a cambio de la inmortalidad".

Mom usaba esos razonamientos como excusa, sin importarle lo mucho que me molestaba esa costumbre tan poco discreta de tener que verla sentada en un retrete cumpliendo con sus necesidades biológicas. Sabemos que el oficio de escritor requiere la soledad, no sé si también del silencio. No sé cómo Mom cumplía con esos requisitos porque hasta en esos momentos íntimos donde debía arrancarse la piel, sangrar, sentir dolor y miedo, ella se acompañaba con el bullicio. Fueron muchas las veces que curioso llegué en puntillas hasta su cuarto para ver que hacía hasta altas horas de la madrugada escuchando a todo volumen los aullidos de Mick Jagger, Jim Morrison, Jeff Hannemann y sus feroces guitarras y baterías. La encontraba quieta, sentada frente al ordenador; parecía otra persona, transfigurada en medio del ruido y me preguntaba qué pasaba por su mente. ¿Qué escribía? Junto a su cama mantenía un anaquel repleto de libros; leía muchos autores, pero siempre volvía a Camus, en particular a dos libros: *Calígula* y *El mito de Sísifo*. Repetía de memoria ciertas líneas encontradas en esos dos tomos: "Los hombres mueren y no son felices". "Este mundo carece de importancia y quien reconoce esto conquista su libertad". Otras veces leía algunos párrafos en voz alta: "Mucha gente imagina que un hombre sufre porque de repente, la muerte le arrebata la mujer amada. Pero su verdadero sufrimiento es menos trivial; viene de descubrir que el dolor tampoco dura. ¡El dolor también es vanidad!".

Era entonces un adolescente, la escuchaba mientras pensaba en video juegos y series televisivas, cosas para mí más importantes. La vida, la muerte o la libertad no podían compararse al horror que vivía la tropa atrapada en un lejano lugar poblado por monstruos en *Resident Evil*, o a las peripecias de Shinji, el jovencito de la serie japonesa *Evangelion*. A esa joven edad no entendía claramente eso del dolor, las heridas, la vanidad… hasta que crecí y la vida me entró a patadas. Cuando uno es niño mira sin ver realmente lo que le rodea; crece y de sopetón se ve dentro de un circo romano, en la arena, sin saber de dónde agarrarse y entonces toca improvisar, usar las armas que se encuentran a mano para poder atacar y defenderse si no se quiere terminar burlado, roto, hecho añicos…

Ahora soy un hombre, entiendo el mensaje de las lecturas de Mom, las lecciones que no pudo darme sino a través de las palabras de otros. Recuerdo su voz, la entonación profunda que daba a las palabras mientras leía esas líneas. El recuerdo de su voz me entristece y me enternece. Ahora comprendo, por supuesto, ¿cómo no iban a ser sus libros favoritos si encontraba en ellos su propia manera de ver la vida? El castigo de Sísifo, usar toda su fuerza física para empujar la pesada roca, llevarla a la cima de la montaña, verla rodar cuesta abajo y repetir la faena una y otra vez reflejaba el absurdo diario de nuestras vidas. Conseguir llevar la pesada roca a la cima significaba un desafío, poder burlar y despreciar al destino. Sin embargo, también significaba descubrir que la felicidad dura lo mismo que el instante de gozo, el éxtasis fugaz de haberlo logrado.

Desde el bar miro el edificio que se levanta donde antes estaba la vieja casa con su puerta metálica roja y vuelvo a rememorar esos momentos guardados para siempre en algún lugar de mi cerebro. Recuerdo las veces que encontraba a Mom dormida sin que el tremendo estruendo de su música la molestara. Apagaba la luz, la pantalla del ordenador, el *boombox* y la dejaba descansar en esa posición con la que se sentía cómoda y relajada. Con el cuerpo ladeado, las piernas recogidas y las manos juntas bajo su cabeza quizás luchando por escapar de algún mal sueño. En esos momentos la veía indefensa, parecía un animalito necesitado de cariño, dejaba de ser la mujer fuerte, astuta, maliciosa, y me entraban ganas de abrazarla, de protegerla.

No sé si la prefería dormida o despierta. Mom era una persona especial, única. Ella era una rebelde, una loca capaz de hacer cualquier tontería por el sólo placer de mostrar que podía hacerlo. Muchas veces mi hermana y yo nos quejábamos de no tener una madre normal como todas las madres. Las madres de nuestros amigos eran personas normales, sin mayores complicaciones; mujeres que estaban dedicadas a cuidar de sus familias, y sus hijos eran su prioridad. A pesar de sus ocupaciones laborales, tenían tiempo para otras actividades, sabían de cocina, hacían jardinería, aprendían manualidades y se tomaban el tiempo para asistir a las reuniones en las escuelas de sus hijos; Mom decía que esas actividades no eran para ella y metía uno de sus dedos en la boca simulando náuseas.

Cuando fuimos adolescentes y más la necesitábamos, Mom usó el amor a la literatura como pretexto, se unió a un grupo de bohemios en lugar de dedicarse a sus hijos, a su hogar. Algunos de sus amigos eran sucios vagabundos, borrachos y otros unos insensatos que al igual que ella, huían de las responsabilidades y sentían la urgencia de pasarla bien todo el tiempo que fuera posible; había dejado la juventud atrás, pero eso no la detuvo para seguir con la bohemia.

Salgo del bar y camino hasta llegar a los muelles de Long Island City bajo el puente Queensboro. Contemplando las torres que se levantan al otro lado del East River pienso que el rencor y el resentimiento nos impiden olvidar ciertos momentos. Uno los recuerda para evitar que el paso del tiempo reduzca su intensidad a pesar de reconocer que lastiman el alma. "Mom, siempre te quejaste de la indiferencia y la falta de atención de tu madre para contigo. Sin embargo, hiciste lo mismo con tus hijos. Me siento decepcionado. Estoy herido. La amargura me estruja el pecho. No perdono tu abandono, tu desapego. ¡Oh Mom, hasta el fin de tus días serás la misma mujer egoísta, irresponsable, incapacitada para dar amor! Mom, a pesar de todo te quiero, te amo, aunque jamás vuelva a decírtelo. Mom sé que estoy condenado a amarte para siempre".

"Existe una enfermedad que se esconde en la sangre, en el corazón, en las neuronas. Cuando ataca, esa dolencia debilita la razón, idiotiza a la persona afectada hasta el punto de llevarla a anteponer el bienestar del otro al propio. Esta dolencia. comúnmente llamada amor, es tan poderosa que incluso puede obligar a matar al que hiere o daña a ese otro. Pensé que nunca sufriría semejante trastorno y menos que me asaltara por segunda vez. Ver salir de mi carne otra carne obnubiló mi entendimiento, caí presa de un hechizo y olvidé que yo era lo más importante de la vida". Eso escribiste alguna vez refiriéndote a tus sentimientos por mí y mi hermano Adrian. Ahora que leo estas palabras comprendo por qué siempre has perdonado mis arrebatos y mis berrinches. Hoy entiendo tus motivos y aunque no lo dijeras he sentido tu amor y sé que es para siempre.

Pienso en Mom mientras pido un Martini y mi marido una botella de agua Pellegrini. Estamos en un bar junto a la playa, frente al hospital donde trajimos a Mom luego de encontrarla desmadejada sobre la cama. Al verla, pensé que Mom estaba muerta y sentí que el corazón me daba un vuelco. Quiero a esa mujer que la vida me dio como madre, aunque no siempre se lo hice saber. Aprendí a quererla mientras descubría junto a ella el difícil arte de vivir. Hubo un tiempo en que Mom perdió su negocio, su casa y las comodidades a las que estábamos acostumbrados. Mom poseía un título que la acreditaba como ingeniera mecánica, sin embargo, no conseguía trabajo porque con el avance tecnológico sus destrezas quedaron obsoletas. Nos mudamos a un pequeño apartamento y para sobrevivir Mom tuvo que trabajar en un supermercado. No soporté verla derrumbada, frágil, desprotegida... Ella que siempre se mostraba fuerte, la que enfrentaba la adversidad sin quejas y presumía de no conocer el miedo. Nunca quise verla así. La prefería desafiante, como un gallito de pelea, lista para la bronca y meterle el dedo en el ojo a cualquiera que le viniera con cuentos.

Se me hizo un nudo en la garganta, sentí que el alma se me escurría del cuerpo y me eché a llorar. Jack siempre tan práctico, sin tiempo que perder llamó al 911. Mi marido y yo habíamos ido a visitarla a su apartamento donde según sus quejas, cumplía con el arresto domiciliario al que yo la había condenado. Qué arresto podía ser ese si se escapaba cada que quería y se largaba de parranda con los nuevos amigos que hizo en Florida, vagos estrafalarios que se hacían llamar poetas porque no tenían oficio. Le valió madre que Jack y y yo le advirtiéramos sobre los peligros en un país donde no se respetaba ni la libertad, ni los derechos de los ciudadanos como era Cuba. Agarró su maleta y se fue con sus amigos escritores, el colombiano Palomino y el chileno Orrego, a la isla de los Castro a comer gato. Ella misma nos contó que en Cuba no se sabía lo que se llevaban a la boca, era muy poco lo que le quedaba a ese pueblo después de la revolución y el embargo.

En una fotografía nos mostró al único vacuno que vio en la isla. El animal estaba amarrado a un poste como exhibición para que la gente, y más que nada los niños, supieran lo que era una vaca. "Caballeros deleitémonos con un sabroso gato en salsa, échense un buche de ron para pasar el mal rato y luego nos fumamos un habano", les dijeron los escritores cubanos que los recibieron en la isla.

Mi marido me aseguró que Mom estaba mintiendo, que no se podía creer en "la mama" porque con ella nunca se sabía cuánto había de verdad y cuánto de invención en todo lo que contaba. Lo cierto fue que supimos que estaba de regreso de Cuba, pero no a su apartamento. Un día después, yo, muerta de angustia, le pedí a Jack que me acompañara a recogerla. Mom se había instalado en casa del poeta colombiano y de lo más tranquila salió a recibirnos en piyama. No importaba donde fuera, Grecia, Costa Rica, Perú, España, México, Rusia (vimos una foto suya en Moscú rodeada por desconocidos "celebrando la vida" como ella llamaba a sus escapadas); el problema estaba en que lo sabíamos por otras personas o cuando estaba de vuelta. Mom era una mujer libre que podía hacer con su vida lo que le viniera en gana, lo que nos molestaba era su inconsciencia, la falta de consideración con sus hijos, que le pasara algo malo y no supiéramos donde ir a recoger sus huesos.

Yo había cumplido 18 años cuando mi madre "la gitana" se fue por tres meses a la República Dominicana, dejando a mi hermano de sólo doce años a mi cuidado. ¿Cómo podía una madre jugar con la seguridad de sus hijos? "Necesitaba completar unos cursos para obtener una maestría y ganar más dinero", fue su excusa. Y ahí quedó el asunto como siempre, sin ver más allá. Nunca se le ocurrió pensar en el peligro que corríamos dos muchachos solos sin la supervisión de un adulto. Podríamos haber sufrido un accidente, causado un incendio, caído en manos de un matón, de un secuestrador, de un enfermo sexual, de cualquier sabandija humana y *bye bye*, adiós palomitas. Felizmente, mi hermano y yo no éramos bobos ni locos fantasiosos; sabíamos que no podíamos confiar en nadie, ni creer en basuras que nos venían con besuqueos y palabritas dulces para luego dejarnos ensartados como carne en palito.

Los hermanos de Mom se las daban de gente culta y refinada, opinaban de todo sin tener la puta idea de lo que hablaban, sólo por jodernos la vida. Según sus comentarios: "los niños criados en Estados Unidos no conocíamos el respeto y éramos ignorantes". Se atrevían a juzgarnos porque desconocían que, en la escuela, desde temprana edad, nos enseñaban a reconocer el abuso, a defender nuestros derechos, a ser autosuficientes, a evitar lo que podía perjudicarnos o comprometernos. Según mis tíos, Adrian y yo no éramos bien educados como eran sus hijos, nuestros primos, chicos que venían de países donde todavía se conservaban los buenos modales, la cortesía, la obediencia; sin caer en cuenta que estaban criando a individuos hipócritas, que ocultaban su verdadera personalidad debajo de adornos y disfraces. ¡Qué jodidos idiotas del carajo!, además de pretenciosos y acomplejados, tenían la obligación de obedecer y contentar a medio mundo con ese pendejo, "mande usted" y su cultura del respeto: yo respeto, tú respetas, todos respetamos. Reprimidos respetuosos que se espantaban y no sabían de dónde agarrarse cuando la realidad se les paraba de frente. Para ellos, mi hermano y yo éramos los *Simpson* y los *Beavis and Butthead*, groseros, rebeldes, violentos que no sabíamos usar los tres tenedores y las cuatro cucharas en la mesa, que no conocíamos todos los tipos y razas de perros, tampoco los nombres de reyes, príncipes y sus enredos reales.

Pero, volvamos al tema, Mom venía de esa cultura de la obediencia, el miedo y el respeto. Mom no se atrevía a hacer un comentario por temor a ofender a alguien; gritar era para ella un exabrupto, insultar una falta de pudor. ¡Qué demonios habían hecho con mi pobre Mom! ¡Las buenas costumbres la tenían jodida y mentalmente castrada! No me dediqué al estudio del arte, la historia y todas esas actividades que preocupaban a

Adrian. A mí me bastaba con hojear uno de sus libros para disfrutar de las obras de arte o informarme de ciertos datos sin intentar profundizar en ningún tema como hacía mi hermano. En una de esas páginas leí acerca de los tabúes sobre el sexo que el cristianismo arrastraba de las creencias judías; y el rechazo de San Pablo a la unión sexual creó una idea sucia del cuerpo, la desnudez y el sexo. Para la mentalidad del hombre medieval el cuerpo era un recipiente mugriento de enfermedades y vicios; la carne era débil, temporal, condenada a morir. Por eso los desnudos que se representaban eran feos, desgarbados y alejados de cualquier intención sexual. El Renacimiento trajo de regreso los ideales de la belleza de la antigüedad clásica, dando la visión nueva de algo vivo, noble y magnífico como era el desnudo. El erotismo estaba presente, de representaciones idealizadas se fue pasando a otras de una carnalidad palpable. En *El juicio final,* la gran variedad de cuerpos desnudos abrasados por las llamas del infierno resultó escandalosa; esto provocó que el Papa Pío IV ordenara que se pintaran paños que ocultaran el sexo de las figuras pintadas por Miguel Ángel. Puedo imaginarme el asombro y el asco del clero; de los hombres de mentalidad todavía medieval, y aún de algunos reprimidos del presente frente a obras como *La maja desnuda* o *El origen del mundo*. Goya y Courbet pudieron ser quemados vivos por pintar de manera escandalosa el cuerpo femenino al desnudo, gloriosamente mostrando los genitales rodeados de vello púbico. En esas obras de arte la realidad se impone de manera brutal y difícilmente se escapa de ella. Esa lectura hizo que yo viera a Mom como una figura bellamente humana y verdadera, esculpida con virtudes y defectos, dueña de un espíritu rebelde, contradictorio, indomable, que los buenos modales y el ciego respeto intentaron controlar y destruir. Con suerte, poco a poco, los desengaños, las frustraciones y esos golpes magistrales que da la vida, fueron removiendo las capas de mansedumbre, pasividad y conformismo que ocultaban su verdadero yo.

Estoy convencida que el detonante final que la libró de ese maldito letargo, fueron mis acusaciones legítimas, de las intenciones perversas de dos malditos. Yo me negaba a ir de visita a la casa del amigo de mi padre y su mujer. Ahí estaban pasando cosas horribles que por vergüenza no me atrevía a decirle a nadie. Cuando nos quedábamos a solas, el amigo de mi padre me acariciaba de manera que me hacía sentir sucia. "No quiero ir a esa casa, no quiero ir a esa casa", me quejaba, increíblemente mis padres no podían leer el temor en mis protestas y lágrimas. Mom todavía no podía descubrir la maldad escondida detrás de las buenas maneras. Ella pensaba que los lindos regalos que con frecuencia ese infeliz nos hacía a ella y a mí eran muestras de cariño, cuando lo que buscaba era despojarme de mi amor propio y aplastarme como a una cucaracha. Esas sonrisas y bonitas frases de halago, Mom las tomaba como sinceras señales de amistad, lo que esa hiena deseaba era moverse sin tropiezos hasta llegar a la víctima y dejarnos embarrados en su mierda.

Una mañana la rata llamó para avisar que vendría de visita. Mom contenta me pasó el teléfono para que saludara al amigo y fue cuando temblando de miedo repetí sus horribles palabras, "Este hombre me pide que cuando estemos a solas le deje ver los pelos que están creciendo entre mis piernas". Papá palideció al descubrir que, delante de sus ojos, caía el disfraz de bonachón con el que se cubría su amigo de la infancia; el hombre al que había escogido para que apadrinara mi bautizo. Con asombro primero y luego con asco, Mom despertó y pudo ver la basura que la rodeaba, la podredumbre que escondían personas en quienes creía que se podía confiar. En ese momento escuché claramente un rugido, un gruñido igual al del tigre en el zoológico. Mom convertida en un monstruo, tomó el teléfono y por primera vez gritó. De su boca salieron las palabras más feas: "Hijueputa malnacido, en este momento voy a tu casa a sacarte a patadas toda la mierda que llevas por dentro". Papá sin salir de su aturdimiento se negaba a creer lo que estaba pasando, el daño que esa bestia tenía planeado. Mom dijo: "Si no quieres acompañarme está bien, quédate como un estúpido sin defender a tu hija. Yo voy a matar a ese hijueputa".

El cobarde había escapado de su casa dejando a la mujer sin saber el motivo de su fuga. Nunca más supimos de él, pero Mom, como precaución y para cumplir con su venganza, guardó un punzón en su cartera para usarlo si alguna vez el maldito se cruzaba en su camino. Ese día Mom dejó de ser la "cojuda de mierda", como la llamaba la tía, la que aguantaba que le echaran mierda sin rebelarse.

Mi papá era un tipo bueno y tranquilo, pero esas no eran las cualidades que Mom necesitaba en un hombre. Papá no tenía la intención de ir a ningún lado, le faltaba voluntad, carácter, era un pobre corderito. Conforme con su suerte, no era capaz de levantar un dedo para cambiar el rumbo de las cosas y menos tenía deseos para encender un fuego o arder. Mi padre acataba las órdenes de Mom sin rebelarse, sin responder, como si abrir la boca le costara hacer un gran esfuerzo. Yo amaba a papá. Pienso en él, en los momentos que nunca se irán porque los llevo guardados dentro, siempre a punto de reventarme el pecho. Me entran ganas de llorar, sollozo, cierro los ojos y recuerdo cuando en las tardes lo esperaba cuando llegaba de trabajar para salir a pasear agarrada de su mano, o dar vueltas por el barrio montados en las bicicletas. Los domingos papá me despertaba temprano, mientras yo tomaba una ducha él cocinaba los huevos, el tocino y los panqueques que eran parte del desayuno especial del fin de semana. A las once de la mañana estábamos listos para salir a pasear llevando con nosotros a mi hermano para que no se pusiera a llorar. Íbamos a la granja de animales, nuestro lugar favorito en el parque de Flushing. Dábamos de comer a las gallinas, veíamos nadar a los patos en una enorme laguna, montábamos en una carreta jalada por caballos y luego de comer hamburguesas y papitas fritas, dábamos vueltas en el carrusel hasta la hora que cerraban el parque.

Creo que Mom odiaba esos paseos porque fueron contadas las veces que nos acompañó. Esos momentos terminaron, la granja de animales y el carrusel quedaron en el ayer, fueron lugares que ni siquiera sé si todavía existen. Mom decidió romper ese lazo que para ella nunca fue un compromiso serio sino algo trivial que la ayudaba a combatir el aburrimiento. Para Mom cualquiera le servía mientras cubriera los gastos y ella pudiera estudiar. Lo que Mom necesitaba era alguien en quien apoyarse, tomar impulso y saltar. Mom no estaba dispuesta un segundo más a vivir con un tipo bueno y tranquilo que la sacaba de quicio, y así como se cambiaba de ropa cada mañana lo sustituyó por otro.

Este nuevo hombre era un patán mal encarado, un cabrón que se las daba de macho irresistible con aires de grandeza. No sé qué estaría pensando Mom para fijarse en esa rata. Quizás Mom se sentía todavía insegura, dudaba de su valor como mujer, como persona, y se agarró a un cuerpo que no era nada más que un cuerpo lleno de mierda. Según comentarios de Lily, la hermana de Mom, el tipejo la conoció cuando Mom estaba al cargo con su primera hija, yo. A ese sinvergüenza le importó un pepino que una mujer estuviera preñada, esperando el hijo de otro.

Por aquel entonces, Mom poseía unas tetas gigantescas (diez años más tarde se las hizo reducir) y seguramente el volumen de esas tetas enloqueció al marrano. Me asquea recordar a ese tipejo. Me da rabia saber que engendró a mi hermano cuando todavía Mom vivía con mi padre. Tantos años queriendo olvidar ese recuerdo, sacarlo de mi mente y hacer como si nunca hubiera pasado ese momento. Ese infeliz era tan mierda que ni siquiera lo conmovía su propio hijo. "¡No ves que es tu hijo!", me parece escuchar la voz de Mom reclamando que el marrano fuera un padre para mi hermano, que le diera atención, que le ofreciera un poco de cariño.

A mí me odiaba, me llamaba engendro del diablo, flaca fea, trompuda resabiada. Si no me agredía era porque sabía que yo le daría quejas a mi papá, "el pendejo", como él lo apodaba, se la tenía jurada.

En el canal hispano pasaban la publicidad de una firma de abogados que decía algo como: "Si lo atropelló un auto, lo empujaron cruzando la calle, lo tiraron de un tren, cayó de un edificio, resbaló en un pavimento mojado, rodó escaleras abajo o sufrió cualquier otro percance, llame al 212-CANTASO. Usted puede recibir con nosotros miles de dólares más que con otros abogados. Recuerde, en casos de accidentes marque el 212-CANTASO". Yo me aprovechaba de ese comercial para poner a rabiar al cerdo, bastaba con que me mirara mal para que yo le gritara: "En caso de un accidente llame a 212-CANTASO".

Y así en ese "tira y jala" de rabietas y ganas de matar pasó el tiempo. Nunca pude aceptar la presencia del indeseable. Me era imposible acostumbrarme a algo que no podía soportar, el teatro, el engaño puesto en escena de un actor engatusando a su único espectador, y Mom, halagándolo, haciéndole creer que era encantador. Me daba asco ver a Mom y al cerdo tomados de la mano como si fueran un par de tortolitos enamorados, y lo más desagradable de todo era escucharlos en el dormitorio como cuchicheaban y reían apagando con sus susurros los ruidos de la cama.

El tipejo no tomaba en cuenta a su hijo. Por su maldita falta de interés, mi hermano se convirtió en un niño hosco y resentido. Sin embargo, haciéndose el gracioso pasaba los brazos sobre los hombros de Mom y los míos como si fuésemos papi, mami y la hijita querida. De un cerdo lo único que podía esperarse era una marranada.

De la noche a la mañana el cerdo cambió los insultos por palabras bonitas, dejé de ser la flaca fea y resabiada para convertirme en "la princesita". No me engañaba con sus atenciones, algo buscaba, siempre tuve un buen olfato para descubrir las cabronadas, por algo llegué a ser policía. Mi cuerpo liso tomó formas sinuosamente provocativas, mis piernas llenaban mis pantalones, mis pechos abultaban mis blusas, mis labios gruesos de niña trompuda se transformaron en la boca sensual de una mujer.

Sé que para Mom yo seguía siendo una niña, lo sigo siendo. Sin embargo, no sé si pecaba de inocente o el cerdo la tenía sugestionada o amenazada, porque no veía lo obvio. El tipejo me seguía con la mirada por toda la casa, especialmente cuando salía de tomar una ducha con el cabello mojado. Puse a Mom en alerta: "¿Por qué tu marido no va a su trabajo en las mañanas, sino que estaciona el carro a un bloque de la casa a esperar para llevarme a la escuela?". Mi pregunta hizo que Mom, sorprendida, pestañara repetidamente. Por un momento vi cruzar por sus ojos la duda, luego con toda tranquilidad preguntó, "¿Hija estás segura de lo que dices?". Mis quejas fueron legítimas, aunque parecieran una venganza o una estrategia para sacar de en medio a ese maldito intruso.

A la mañana siguiente Mom salió de casa luego de dejarnos el desayuno servido a mi hermano y a mí. "Regreso enseguida, voy a la esquina a comprar pan y mermelada.

Cuando regrese quiero encontrarlos listos para ir a la escuela". Mintió porque las compras las hacía los fines de semana, además sobre la mesa estaban la bolsa del pan y el frasco de mermelada recién abierto. Mom regresó unos quince minutos más tarde sin haber comprado nada, se paró junto a mí y me acarició el pelo con una ternura que antes no había descubierto en ella. Mom nos amaba, pero no sabía mostrar sus sentimientos. Apenas nos hablaba para preguntar como nos iba en la escuela, no nos revisaba las tareas, no jugaba con nosotros. Me parece que su actitud se debía a la dureza y desapego con que su madre la trataba. Por un tiempo abuela vivió con nosotros, ella y yo llegamos a querernos, a congeniar, pero eso no quitaba que abuela fuera una mierda con su hija. Fue abuela la que enseñó a Mom que el contacto entre las personas no era bueno, nada de mimos, ternezas, abrazos o besos.

En ese momento, al sentir sus caricias en mi pelo, me sentí conmovida y la abracé con todas las fuerzas de la que fui capaz. Yo era considerada una muchacha rebelde y grosera, era capaz de hacer cualquier majadería con tal de poner a rabiar a Mom. ¿Cómo no querer matar a medio mundo viviendo con una pata metida en el infierno por culpa de un tipejo despreciable? Por eso, para desafiarla y castigarla, me colocaba una falda corta, una blusa escotada y como si fuera una vulgar loquita me pintaba los ojos de negro, la boca de rojo y escapaba a casa de mi amiga. Que ella pensara lo que quisiera, que me amenazara con darme un bofetón o enviarme a vivir con mi abuela paterna... Yo no pensaba decirle dónde iba. Mom nunca supo que al doblar la esquina me sacaba el maquillaje, me ponía la chaqueta que llevaba escondida en la mochila. Regresaba a las once de la noche oliendo a cigarrillos. No voy a mentir, mi amiga y yo aprendimos a fumar encerradas en su dormitorio con las ventanas abiertas para que su mamá no nos descubriera. Echábamos humo que daba miedo mientras hacíamos las tareas y veíamos la tele. Mom cumplía con parte de sus amenazas, me esperaba en la puerta, me daba un bofetón y yo gritaba que la odiaba, que no la soportaba, que la próxima vez no volvería a casa. Esos malos sentimientos y rencores se deshicieron al roce de su mano en en mi cabeza.

No sé dónde Mom fue, qué hizo, o que pasó en esos quince minutos que estuvo fuera. Lo cierto fue que regresó diferente, sonriente, aliviada, como si se hubiera librado de un grillete o un peso que le impedía actuar con libertad. Algo pasó en esos quince minutos porque el tipejo no volvió a hablarme, tampoco a esperarme en el carro. Un tiempo después ya no encontramos sus cosas en la casa. No volvimos a verlo, fue como si se hubiera evaporado en el aire. Mom no nos dio una explicación, mi hermano y yo no hicimos preguntas, ahí se cerró ese episodio en nuestras vidas donde lamentablemente el causante de nuestra desdicha era el padre de mi hermano.

Pobre Adrian, un tiempo atrás, me confesó haber recurrido a un psicólogo para que lo ayudara a borrar esa falta de interés y cuidados maternos y el comportamiento egoísta de un padre que nunca supo serlo. Quizás por eso mi hermano se casó con una mujer juiciosa, dedicada, confiable, siempre pendiente de su familia, que anteponía su bienestar por el de su marido y el de sus hijas. En otras palabras, una mujer muy diferente a Mom. Quizás por eso yo escogí a Jack, un hombre que no siente miedo de expresar sus sentimientos, que grita y vocifera cuando algo lo molesta, que ríe a carcajadas cuando está contento y que me besa cuando necesita hacerlo. Jack es una persona preocupada por ser feliz y hacerme sentir feliz. Al quedar libre de esa rata, Mom cambió de vida, entonces comenzó a escribir, a reunirse con los amigos, a divertirse en grupo. No estaba interesada en conocer o empezar una relación con nadie en particular, Mom había descubierto que el hombre que ella buscaba y necesitaba no existía.

Bebo mi segundo Martini mientras contemplo el ir y venir de las olas en la costa. El sol brilla sobre el agua, la arena es una sábana blanca bordada de pequeñitos diamantes destellando bajo la luz, las gaviotas revolotean y al vuelo recogen pedazos de pan o papas fritas que unos niños echan al aire. El paisaje es lindo, una vista que la naturaleza nos regala para regocijo de los sentidos. Sin embargo, me parece algo ajeno parado frente a mis ojos, algo sobre lo que choca mi mirada dejándome indiferente. La tristeza consigue sacarme del mundo, me espanta pensar en perder a esa mujer que quiero a mi pesar. La melancolía me sofoca, me duele esa sensación de silencio y vacío. Mom es parte de mi historia, de mi persona, si muere quedaré incompleta, como si me faltara un sentido, el aire que respiro, un pedazo del alma. No siempre estamos juntas, pero escuchar de vez en cuando su voz en el teléfono y saberla viva, es suficiente para sentir su presencia. Adrian insiste en decir que las dos nunca terminamos de cortar el cordón umbilical, quizás él tenga razón, o lo que sea, porque por cierto mecanismo sensorial, anímico o fisiológico, Mom me duele en alguna parte del cuerpo, en el corazón, en la cabeza, en la sangre.

Siento el abrazo de mi marido queriendo protegerme del dolor, mis pensamientos me llevan a recordar la primera vez que la vi enferma. Mi hermano tuvo que encargarse de cuidarla porque yo no era capaz de verla en ese estado y menos pensar que podíamos perderla. Mom no era zalamera, no era de besuqueos, ni de andar vigilando cada paso que dábamos, más bien era indiferente, seca, en muy pocas ocasiones nos abrazaba o nos daba un beso en la mejilla. Era conmovedor su poca habilidad para expresar sus sentimientos, tuvo que hacerse vieja, sufrir desengaños y despedidas para deshacerse de resentimientos, especialmente con su madre, y poder decir: "te quiero hijo, te amo hija", con toda libertad.

Mom empezó a padecer de vértigo. Los episodios, bastante frecuentes al comienzo, eran tan fuertes y tan de larga duración, que la paralizaban. Sin poder controlar los mareos, fueron muchas las veces que perdió el equilibrio y cayó al piso. Temerosa de perder la consciencia y pensando que la muerte la estaba rondando, la llevó a que Mom entrara en estados depresivos tremendos.

Mom había sido educada en una escuela religiosa, parece que las monjas hicieron un mal trabajo ya que no lograron que Mom creyera en cristosantos, vírgenes de diferentes razas y colores, milagros y promesas de vida eterna. Para ella las enseñanzas religiosas eran cuentos de cucos disfrazados de profetas y mesías que servían para engañar a los pobres de espíritu. "Hay que ser estúpido para no darse cuenta de que somos parte del desorden, del loco caos lleno de galaxias inútiles en un universo absurdo, indiferente. Hay que estar loco para creer que seres de carne y hueso, genéticamente egoístas, predispuestos para la envidia, la venganza y hacer daño, puedan ser santos y después de la muerte vivir eternamente felices. 'No tengas miedo' te dicen, 'vas a morir y luego tendrás una vida larga y feliz, gozarás de todo lo que no tuviste en vida, ganarás el paraíso.' Mentiras, todo eso son cuentos para salvaguardarte del horror que significa morir, palabras engañosas para que puedas soportar las injusticias de la vida sin quejarte".

Por un tiempo el tema de la muerte trastornó a Mom, no podía hablar del final sin que el horror la pusiera a renegar, "No esperen que muera quietita en mi cama como si fuera un miserable perro, yo voy a patalear y desgañitarme gritando. La muerte es una injusticia, un maldito absurdo". Con el paso de los años Mom aprendió, como todo el mundo, a vivir con el terror lo mejor posible, a perder el miedo a la muerte, pero no así el desprecio a ese momento inexorable en que se dejaba de ser una persona para convertirse en una masa infame, pasar a ser parte de la nada. De manera cursi y dramática, Mom pedía que en su velatorio pusiéramos aquella canción de su país que decía: *Yo quiero que a mi me entierren como a mis antepasados, en el vientre oscuro y fresco de una vasija de barro.*

Mom estaba consciente de que después de morir todas las cosas acaban. Ya nada tenía valor para el muerto: ni el aire, ni el amor, ni el más maravilloso recuerdo. Sin embargo, se oponía a la cremación ya que la que consideraba un acto repugnante, una falta de respeto a un cuerpo que fue el recipiente del misterioso portento que era la vida. Me burlaba de ella diciéndole que lo que pasara con sus restos ya no era su asunto, además costaba mucho menos una cremación que un entierro. Su respuesta era que no le importaba si la existencia apestaba, si era una porquería que se dejaba atrás: "La vida con sus tormentos, horrores y miedos es una oportunidad para los afortunados que pudieron nacer. Es una pena haberla obtenido sólo para terminar en puercas cenizas. A mí me entierran entera, que mis ojos, mi corazón, mis tripas... se descompongan lentamente y se transformen en otro tipo de vida. Quiero continuar viva".

Mom pensaba que la música era necesaria al momento de partir hacia lo desconocido y dejar a los deudos reflexionando sobre lo fugaz que era la vida; lo inútil que era querer aferrarse a ella. Luego de leer *Deutsches Requiem*, un cuento de Jorge Luis Borges (los pequeños libros de Borges estaban regados por toda la casa) decidió que "La vasija de barro" ya no le cuadraba, que el réquiem alemán de Brahms sería perfecto para ese momento de su viaje a otro mundo, ese que mi hermano ateo llamaba "el viaje a ninguna parte". No leí el cuento, no era necesario hacerlo porque Mom hablaba todo el tiempo de esa obra maestra; la historia acerca del comandante de un campo de concentración Nazi, enjuiciado y condenado por los delitos cometidos por él y la Alemania Nazi contra la humanidad. Mientras esperaba el momento de enfrentar al pelotón de fusilamiento, el Nazi pensaba sobre su comportamiento inhumano, sin sentir miedo o piedad por las víctimas, creyendo firmemente que el mundo del futuro debía ser gobernado por "la violencia y la fe en la espada". Convencido de los ideales del partido Nazi, el comandante expresaba esperanzas de que si la gloria no fue para la Alemania Nazi, podía serla para otras naciones: "*Dejemos que el cielo exista a pesar de que nuestro lugar esté en el infierno*". Para Mom la historia del comandante era fascinante, le brillaban los ojos mientras daba pelos y señas sobre los datos que había encontrado acerca del nefasto personaje.

Pasado el momento de euforia que experimentó a causa de ese cuento cruel y deprimente, Mom creyó que era mejor que ese viaje final, del que hablaba como si no fuera ella la muerta, fuera divertido, "Nada de lloros y lamentos, nada de marchas fúnebres, palabras sagradas, juicios finales, Brahms, Bach o Chopin. Yo quiero música alegre para la gente que me acompañe en ese momento de mi 'transubstanciación' porque la música es para ellos, para los vivos. ¿Qué mejor que el rock-and-roll?".

Fue entonces que Mom se apasionó por Maroon 5 y Adam Levine. "*Moves Like Jagger* no está nada mal", dijo. Inclusive la escogió para bailarla con mi hermano el día de su matrimonio. Adrian pidió que Mom escogiera una canción que le gustara, que sintiera que los unía a los dos. Pienso que Mom escogió bien: esa canción logró unirlos porque mi hermano fue feliz, rió divertido mientras él y Mom imitaban los movimientos de Mick Jagger: *I don't need to try to control you/ Look into my eyes and I'll own you with them/ moves like Jagger/ I've got the moves like Jagger/ I've got the moves like Jagger.* Eso era para Mom música hecha para sentirse contenta de estar viva, y perfecta para la despedida final.

Mom no soportaba los alaridos de los cantantes de ópera, tampoco apreciaba melodías que apretaban el corazón y estrangulaban el alma como eran las marchas fúnebres. Ella no pretendía tener un gusto exquisito ni hacerse la refinada y soportar el suplico que significaba esa clase de música. El *Deutsches Requiem* de Brahms empezó a resultarle espeluznante y más aún el *Requiem* de Mozart. Sin importarle que la tacharan de irreverente decía que esa música nada tenía de sublime, menos aun conociendo que el *Requiem* fue escrito por un moribundo. Se cuenta que Mozart estaba gravemente enfermo cuando lo escribió y no terminó de componerlo. Hablando de esa música sacra, Mom nos contó que la primera vez que visitó el castillo medieval llamado *The Cloisters* en el Alto Manhattan estuvo a punto de gritar de angustia y salir despavorida de ese lugar. Eran las once de la mañana, hora en que abrían las puertas a los visitantes, cuando descubrió ser la única en subir las escalinatas de piedra de entrada a los claustros: "Por los parlantes se escuchaba una pieza de los cantos gregorianos, la misma música litúrgica que tocaban durante la misa en la capilla de la escuela de monjas en mi país. Decían las mojas que esa música era lo más bello producido por los hombres, escucharla purificaba el alma, conectaba al ser humano con Dios. Yo aseguraba lo contrario. Igual que cuando era una chiquilla, en ese momento, escuchando esos cantos gregorianos, sentí que estaba rumbo al más allá. La música me erizó la piel, la angustia se instaló en mi garganta sofocándome, y creyendo escuchar el grito de mi maestra mandándome al infierno por decir herejías, yo grité, '¡*Holy shit*!' Justo, cuando iba a correr escaleras abajo vi que otras personas entraban al castillo y pude calmarme".

Luego de escuchar esa historia quise saber por qué herejías las monjas la mandaban al infierno. Entre risas Mom respondió, "Por preguntar que quería decir el sexto mandamiento con: 'No fornicar.' Para salir del paso la monja dijo que era un verbo que indicaba una acción parecida a mentir, a robar. Cuando en la clase de gramática la monja me pidió que conjugara un verbo regular yo dije: "Yo fornico, tú fornicas, él fornica…"

Jack se levanta y tiernamente me besa en la frente. Respondo negativamente cuando me pregunta si deseo algo para comer y vuelve a sentarse. Me hubiera gustado estar sola, pero Jack ha insistido en acompañarme en estos momentos tristes. *Mom recupérate, sal de esta prueba triunfante como siempre has hecho. Mom no te mueras*, pienso mientras veo a Jack beber de su vaso el Pellegrini. Jack tiene sus cosas, sus mañas, y yo se las respeto. Se siente orgulloso de su origen italiano, mejor dicho, siciliano; por eso Mom lo llamaba Rambo, Al Capone, Don Corleone. Jack no ingiere bebidas alcohólicas como tampoco usa drogas, no permite que ninguna sustancia nociva altere el buen funcionamiento de su actividad mental. Jack trabajó como detective dentro del departamento de policía de la ciudad de Nueva York por veinte años. Para él una mente sana, ágil, aguda, es la más importante herramienta del oficio, le permite estar alerta y descubrir en los más mínimos detalles que algo anda mal. Aunque hace unos meses fue retirado de esa posición, él no ha dejado de ser un policía. Mi marido es un detective innato, posee habilidades para sonsacar y hacer desembuchar lo que él desea conocer de las personas mientras conversa con ellas. Lo que para otros son cosas sin importancia, palabras y gestos que para otros pasan desapercibidos, para su "ojo de águila" son pistas que lo llevan a deducir y descubrir culpabilidades y engaños.

Mama, como Jack llama a Mom, me confiesa que no sabe cómo hizo este "rastreador italiano" que es mi marido, para hacerla caer en la mentira, pero prefiere que la parta un rayo y mil veces caer muerta antes que aceptar que estuvo husmeando en los papeles que el yerno guarda en un cajón del escritorio, o, que sólo por el placer de hacerlo chillar tiró la caja con los *canolli* a la basura, o, que le enredó los hilos de la caña de pescar. Me hace gracia ver a Mom, con esos cinco pies de estatura que se gasta, enfrentarse al grandulón de mi marido y gritarle: "¡Piensa dos veces antes de meterte conmigo y acusarme de algo que nunca he hecho, que ni siquiera ha pasado por mi cabeza!"

Conmigo tampoco funcionan los métodos deductivos y el "ojo de águila" de mi marido porque, bueno, lo mando al infierno. Por alguna razón fui investigadora criminal en la oficina policial donde nos conocimos. Muy bien sabe que poseo licencia para portar armas y que no me tiembla la mano para descargar un par de balazos si la ocasión lo requiere.

Bebo el Martini y ordeno otro. El licor ayuda a relajarme, más que nada ayuda a apaciguar este dolor trancado en el pecho desde que encontré a Mom tumbada en la cama como si estuviera agonizando. Termino el segundo Martini y pido a Jack que regresemos a casa para poder descansar por un momento. El carro se desliza por la carretera bordeada por lagunas naturales y artificiales que rodean cientos de casas bonitas pintadas en rosa flamingo, terracota y verde olivo, los colores de la Florida del Sur. El aire acondicionado puesto a funcionar al máximo me asfixia, lo apago sin importarme que Jack empiece con las quejas: "Me ahogo, estoy sudando a chorros, la vista se me nubla". Bajo la ventanilla del carro. El viento entra pesado, húmedo, pegajoso. Se siente el calor de los noventa grados Fahrenheit que los meteorólogos anunciaron para hoy. Huele a mar, a sol, a hojas quemadas; mis pensamientos regresan a Mom. Había algo en ella que le impedía cuidar una casa, tener un hogar. *¡Mom, cómo nos hiciste sufrir con tu inestabilidad!*

Yo me preguntaba por qué razón íbamos como gitanos de una casa a otra y ninguna conseguía atraparla. Mom fue dueña de una casa y un apartamento, pero tampoco nos quedamos en ellas por mucho tiempo. Una primavera un grupo de gitanos rumanos se mudó frente al apartamento de Long

Island City. La casa que habitaban era grande para los cinco adultos y seis muchachos que formaban la familia; sin embargo, dormían afuera en un camión destartalado estacionado a un lado de la casa para que el cielo los cubriera. Ataviadas con sus faldones, mantillas, argollas y pulseras; las mujeres colocaban una mesa y una tolda junto a la puerta y ahí vendían velones de colores, amuletos y leían la mano y las cartas. Mom admiraba su manera de ser, de vestir, su música, su desenfado y se hubiera unido al grupo arrastrando a mi hermano y a mí a vivir esa vida. Felizmente, no logró hacer amistad con esa gente porque sólo una de las mujeres hablaba inglés; desde entonces la apodé, *Gitana.*

Un día Adrian y yo la encontramos mirando, como si estuviera hipnotizada, una gráfica en uno de los libros de Arte de mi hermano.

—Esa obra impresionante se llama *El mundo de Christina*, —dijo Adrian. Miré la pintura donde una mujer se arrastraba en la hierba.

—Pobre mujer abandonada en el camino, aunque herida y hecha trizas, un día llegará a esa casa en el horizonte, —dijo Mom con voz temblorosa.

—Cristina era la vecina de Andrew Wyeth, —explicó Adrian. —El artista expresó su propio dolor al pintar el agonizante gatear de esa mujer por el campo. Cristina no estaba abandonada, estaba lisiada.

—Se puede ser tullido sin ser paralítico, —dijo Mom dolida y fue entonces que comprendí porque íbamos de una casa a la otra. Inconscientemente, Mom deseaba regresar a la casa de donde, según ella, fue desalojada, y eso la hacía sentirse tullida. Ella sabía que jamás volvería a esa casa, eso no era posible porque ya no quedaba nada de las cosas que fueron queridas para ella. Sus padres se habían separado, los hermanos se habían ido, los perros habían muerto. Esa casa ya no existía.

"Es inexplicable", me digo, "hay hechos aparentemente banales que no tienen importancia para nadie. Sin embargo, tocan a alguien en particular y sus efectos lo acompañan el resto de la vida". El tiempo pasa, la gente muere, el mundo puede explotar y ese hecho que fue causa de resentimiento continúa emponzoñando el alma de esa persona. "¡Qué estúpida es la naturaleza humana! Mom, tan fuerte y atrevida, era incapaz de arrancarse ese maldito sentimiento de rechazo que no la dejaba vivir en paz o, de aliviarse del rencor… ¿El rencor contra quién? ¿De su madre o el recuerdo de algo que quedó en el pasado?".

Yendo de aquí para allá llegamos a vivir en un apartamento en Elmhurst; el vecindario próximo a Jackson Heights. Ese barrio era conocido como "Chapinerito" o "Cali York" porque ahí vivían "los señores de la diosa blanca", los patrones del cartel de Cali. Mom entabló amistad con un par de vagos colombianos a los que decía envidiar porque eran libres; no tenían que preocuparse por tener un techo ni nada.

Pobre Mom, hablaba tonterías, no tenía idea de las dificultades que los *homeless* atravesaban. Los sábados en la mañana Mom se reunía con sus "parces" en la banqueta fuera del McDonald's de la calle 82 y la avenida Roosevelt. Mom decía que lo que sucedía en esas calles y los cuentos "del mono Arcila" y "el paisa Ospina" la inspiraban a escribir. Con ellos aprendió a reconocer tanto a los policías encubiertos cuanto a los capos que como cualquier otro colombiano entraban a comer en el restaurante *La pequeña Colombia.*

"Mire, esos son Alex Barrera y 'El patrón' Evelio Romero. El que cruza la calle es Arizabaleta. Todos sabemos quiénes son ellos menos la policía. Los jefes son muy queridos y dan su *platica* a todo el mundo en el barrio, por eso nadie los sapea; el que se atreviera a hacerlo sabe que los matarifes le darían *chumbimba*". Eso cuenta Mom que le advertían los vagos cuando los capos pasaban junto a ellos para comprar el pandebono en *La Abundancia Bakery* o para dedicarse a sus *business.* Mom me contó que un día, con "el paisa Ospina" fue a *Tierras Colombianas* donde comía "El patrón" Romero. Cuando el "paisa Ospina" la presentó al capo, Romero dijo, "Los amigos de mis *parces* son mis amigos". Mom dijo que cuando su amigo el *paisa* fue al baño, respetuosamente, ella le pidió un favor "al narco". Mom nunca dijo cuál fue esa petición; luego negó haber conocido y menos hablado con un traficante.

Los vagos le presentaron a Osvaldo Gómez "La Reina de Queens", el travesti de barba verde, amarilla y azul, que se acompañaba por un loro que llevaba en la cabeza y un perro pintado de mil colores. Mom comentó que probablemente "La Reina" recibía unos pesos de los jefes del cartel porque no trabajaba y, sin embargo, cambiaba de vestido y plumerío todos los días. En Cali York, a diario se armaba la correteadera de vendedores de relojes, cadenas, perico, putas, maricones de tetas y culos repletos de silicona; eran perseguidos por la policía y los agentes de Inmigración. La mayoría de estos "angelitos" además de aspirar la coca, eran también indocumentados.

Mom no se daba cuenta del peligro que corríamos; si salimos ilesos de ese matadero fue por pura suerte. El 11 de marzo de 1992, recuerdo la fecha porque ese día Mom, Adrian y yo estuvimos a punto de atestiguar el trabajo de los sicarios del *Cali Pachanguero*. A las siete de la noche, los tres fuimos al *Mesón de Asturias* para recoger la paella marinera que Mom había pedido por teléfono. Dos horas más tarde, Manuel de Dios Unanue, el periodista cubano del *Diario la Prensa* recibió dos tiros en la cabeza en ese restaurante. Unanue fue asesinado por meterse a hablar de cosas que no debía, cosas que molestaron al capo Santacruz Londoño.

Por culpa de Mom, Adrian y yo vivimos momentos angustiosos. Yo cumplía los dieciséis años y mi hermano los diez cuando una mañana Mom fue a su cita médica de rutina y no regresó a casa. Mi hermano y yo quedamos abandonados. Esa noche llamaron del hospital para comunicarnos que Mom estaba recluida en el siquiátrico. El padre de Adrian la visitaba, sin embargo, no hacía comentarios ni nos dejaba saber del estado de Mom. Al tercer día fui a verla. Pensé que moriría de pena, de horror, al encontrarme con esa mujer pálida, mustia, ojerosa, despeinada, descalza y vestida con una vieja bata blanca, y salí corriendo. Cuando Mom regresó a casa nos dijo que los médicos habían cometido un error, que todo lo sucedido había sido una equivocación. Por precaución y porque le teníamos miedo, Adrian y yo dormíamos juntos en el mismo cuarto con la cerradura puesta. No sabíamos qué pasaba con Mom, estaba loca. Nos horrorizaba verla gritar sin motivos, romper vasos y platos, meter la cabeza en el congelador, deshacerse de la ropa y llorar sin parar.

Felizmente, Mom empezó su nueva profesión de maestra y al poco tiempo se unió a un grupo de bohemios que se decían poetas. Relacionarse con los jóvenes estudiantes y los aprendices de escritores logró sosegarla. Mom trabajaba en una escuela secundaria en el alto Manhattan; había empezado dando clases de Matemáticas y terminó como maestra de Educación Especial. Hizo el cambio de licencias de una disciplina a otra porque estaba hasta la coronilla de lidiar con esos muchachos de mierda por los que valía un culo que se desgañitara; se negaban a aprender cómo resolver una simple ecuación algebraica. Al cumplir los sesenta años Mom, decidió, de la noche a la mañana, jubilarse porque según ella, el aire se había vuelto espeso y le costaba respirar.

Convencí a Mom para que se viniera a Florida, aunque no viviríamos juntas, me alegraba saber que la tendría cerca. Me tocó convencer a mi marido también: "deberías ser más cordial con mi madre. No te cuesta nada decirle que te encanta saber que vendrá con nosotros a Florida. Vas a ver, si eres amable ella dejará de verte como si fueras el enemigo". Con tal de verme feliz, a pesar de que la suegra le hinchara las pelotas, Jack accedió a mi pedido. A regañadientes ayudó a buscarle un apartamento en uno de esos condominios preciosos que tiene piscina, gimnasio, yacusi, sauna y otras monerías de esas; y no sólo eso, también en el centro de la ciudad donde hubiera mucha gente, restaurantes, cafés y tiendas para que así no echara de menos el bullicio al que estaba acostumbrada en Nueva York.

Pero no, no era lo que ella quería. En Florida el verano era eterno, la gente estaba de paso, eran turistas con los que no se podía establecer ninguna relación; ahí no estaban sus amigotes, no había lecturas de poetas, presentaciones de escritores… Faltaban artistas, faltaban emociones. Según ella "faltaba el aire oliendo a libertad que se respiraba en Nueva York; en Florida no había vida". Para contentarme se quedó a vivir en esta tierra "horrible" por cinco años hasta que no pudo más y me dijo: "Por favor, hija quítame el grillete, libérame de esta tortura. No es que quiera abandonarte es que me estoy muriendo lentamente, este calor me quema las células y me envejece. No sé… Existe algo perverso en este lugar… No sé, puede estar en el aire, en el agua, en las palmeras… Un mal que me vuelve loca.

En Nueva York existía eso que ella llamaba magia, una suerte de imán que la había atrapado, algo que no pasó conmigo y eso que yo había nacido y crecido en tierras neoyorkinas. "Mom, ya no eres un *spring chicken,* ¿para qué quieres regresar a Nueva York? ¿Has olvidado el invierno? ¿Has olvidado la nieve? Ese frío del carajo que se te mete por todo el cuerpo, que te congela pelo, dientes y uñas"; le recordaba para disuadirla y hacerla cambiar de opinión. Me respondió entornado los ojos, como si estuviera mirando al pasado: "¿Cuál es el problema? Soporté esa temporada sin quejas por cuarenta años. También es hermoso ver caer la nieve y de copo en copo cubrir de blanco los árboles, los techados, los vehículos, las calles enteras. Más hermoso aún poder sostener en tu mano los cristales semejando estrellitas de seis puntas que son cada una de las partículas de nieve". ¡Imagínense romantizando con algo tan insufrible como eran el frio y la nieve! Mi hermano decía que Mom lo racionalizaba todo para escabullirse, salir del paso o arreglar una cagada; a esas salidas y palabrería barata yo las llamaba "deja de joder".

Si quería irse que se fuera, *anyway,* no era la primera vez que paraba el rabo y *bye bye.* Mom era de ese tipo de personas que les encanta estar rodeadas de gente y quisieran estudiar toda la vida. No paraba de encontrar cursos y conferencias que necesitaba para actualizarse; mantenerse al tanto de lo que ocurría en el mundo. No le bastaban los libros, ella debía tener información en directo, personas con quien discutir, además esas actividades le servían de excusa para salir de casa. Al contrario, yo era casera, apenas si tenía una amiga y me enfocaba en lo que era práctico, sin tener que llenarme la cabeza de información innecesaria. No era que no me gustara leer, sino que leía libros sobre cosas que me interesaban: crímenes, asesinos famosos, investigaciones criminales y cuentos de horror. No había heredado de ella su apariencia física, ni tampoco su "manera de ser".

No sé si Mom resentía que me pereciera a mi padre a quien ella detestaba. Mi padre era un hombre sencillo, buena gente y eso para ella era algo insoportable. A su sencillez ella la llamaba falta de voluntad, a su bondad falta de ambición. Según confesaba, mi padre había sido el primero en su vida cuando ya estaba a punto de cumplir treinta años, no se perdonaba haber esperado tanto para terminar con un zoquete sin carácter. Por genética tuve que heredar algo de ella: a mí también me gustaba vivir cómodamente, sin tener que matarse trabajando. Una cosa era la responsabilidad y otra muy diferente afanarse por mostrar eficiencia o amasar una fortuna. Su lema, como el mío, era hacer las cosas bien utilizando el menor esfuerzo posible y dejar para mañana lo que no quiso hacer hoy. Tenía que agradecerle no habernos puesto, a mi hermano y a mí, pajaritos en la cabeza, hacernos ver las cosas como son, sin adornos. Lo que no le perdonamos, en especial mi hermano, fue que nos dejara hacer nuestra voluntad. Yo pienso que le importábamos, y mucho, pero no sabía o no había aprendido el arte de ser una madre de verdad.

Cuando le dije que no deseaba matarme estudiando una carrera larga; que no me interesaba ser médico porque mi vocación no era salvarle la vida a ningún gusano; que no me inclinaba por la abogacía porque no me veía defendiendo a criminales; que tampoco quería pasarme décadas estudiando ingeniería como había hecho ella para luego no saber cómo pegar un clavo; Mom contestó: "Tu vida es tuya y tienes derecho a vivirla a tu antojo, hacer lo que te haga feliz. Eres inteligente, atrevida, hábil y sé que lograrás hacerte a un oficio que te eche hacia delante. Ahora eres una adolescente y ese dulce pájaro, como dicen que es la juventud, sólo te permite ver las delicias propias de la edad. Luego, en cualquier momento, sentirás que una fuerza desconocida te empuja al mundo donde tú serás la única responsable de lo que haces… Entonces tendrás miedo…". Al decir estas palabras cerró los ojos y fue como si hablara con ella misma, "No podrás evitarlo, tendrás miedo a rendirte ante los golpes y putadas que te entrega la vida… No es que el miedo sea malo o bueno, pero inhibe para actuar con ánimos, reprime y acobarda".

Un día llegó ese momento en que la vida no admitía plazos y cuando para bien o para mal todo dependía de mí. Me hice policía, agente para el departamento de investigaciones criminales. Mi trabajo no era nada fácil, por ocho horas al día debía tratar con la escoria humana: ladrones, asesinos, violadores, traficantes y locos. Las reglas exigían estar protegido físicamente (chaleco y casco a prueba de balas) mentalmente estar alerta y actuar con rapidez para no terminar agujereado a punta de cuchilladas y balazos. Mi trabajo en nada se parecía al juego de policías y ladrones con el que mi hermano yo nos divertíamos usando pistolitas de agua. Lo que pasaba en el mundo real era igual a jugar a la ruleta rusa o meterse en una jaula con tigres hambrientos, con suerte, salir vivo. Con el tiempo mis funciones se limitaron a investigar y obtener evidencias en el lugar donde se había cometido un crimen.

Confieso que al comienzo los muertos (muchos hechos pedazos) la sangre y los hedores, me producían horror y náuseas, luego pasaron a ser simples gajes del oficio.

Recuerdo una de mis primeras actividades como *rookie*. Mi compañero y yo acudimos al llamado de los vecinos de un edificio de apartamentos donde un tipo con pistola, robó e hirió a tres personas. Según los informantes, el malhechor se había lanzado escaleras abajo y probablemente trataba de escabullirse entre los árboles y arbustos que rodeaban el edificio. Para capturarlo, mi compañero trepó los muros alrededor de los patios; yo, con mi Baretta 92 en mano, corrí a la puerta principal del edificio pensando que el individuo había escogido salir por el frente. Como imaginé, el tipo salía muy orondo llevando un bulto entre las manos. Supe que era él porque se sorprendió al encontrarse conmigo; tiró el bulto e intentó meter una mano debajo de la camisa donde posiblemente guardaba el arma. Fue cuestión de segundos, movida por el instinto de conservación, antes que él actuara, le disparé a las piernas para inmovilizarlo. Cuando mi compañero salió del edificio, maldiciendo porque pensó que el delincuente había escapado, lo encontró esposado.

Recuerdo en particular una experiencia porque fue asquerosa. Mi compañero y yo acudimos al llamado de un grupo de ciudadanos en un pequeño parque de Rego Park, donde las madres llevaban a sus pequeños a distraerse y los ancianos se reunían a conversar. Un sujeto de unos cuarenta años había quedado en pelotas y echado a correr tras los niños gritando obscenidades. Mi compañero y yo detuvimos al infeliz, lo obligamos a ponerse los pantalones y a la fuerza lo montamos en la parte posterior del vehículo, separada del frente por una rejilla de seguridad. "¡Jueputas, policías de mierda, van a ver que los voy a cagar!", gritó el desgraciado y llevó la palabra al hecho, defecó en el asiento y lanzó la caca entre las rejillas. Vomitando de asco lo llevamos al hospital siquiátrico y no al precinto de policía. Enfermeros y médicos nos maldijeron, con toda razón, por entregar a su cuidado a esa inmundicia humana. El vehículo, como muchos otros en las mismas condiciones, fue rematado en una subasta.

Es injusto cuando los medios de comunicación reportan únicamente lo que les conviene y está políticamente correcto. A propósito, se omiten los detalles de lo acontecido, no se menciona el infierno que atraviesan los agentes del orden, tampoco la mierda que soportan. Esa alevosa maquinación hace que la gente acuse de brutalidad a la policía; salga a las calles a hacer manifestaciones; asalte comercios, queme carros y ponga en peligro la vida de los demás glorificando a los criminales. "Mi color importa", "terrorista supremacista", y "soy human X"; son algunas de las consignas sensacionalistas que se usan para confundir, manipular la opinión pública, aplacar y contentar a ciertos grupos minoritarios. Mom, sin conocer la confabulación y todos los percances peligrosos y asquerosos que formaban parte mi oficio, un día, orgullosa, me dijo: "quizás a costa de equivocaciones y riesgos estás logrando convertirte en esa mujer fuerte, valerosa y maravillosa que llevas por dentro, ¡hija eres una guerrera!"

Mom, no lo sabes, han pasado años y sigo recordando esas palabras. Me siento esa guerrera que dices, esa mujer maravillosa que ves en mí. No comprendo por qué fuimos incapaces de decirnos lo que sentíamos la una por la otra. Quizás fue porque tú no sabías hacerlo, yo por majadera o porque, en conclusión, somos iguales.

Antes de salir de vuelta al hospital guardo en la cartera el pintalabios y el colorete porque sé que te gusta verte bien hasta en los peores momentos. Recuerdo que pediste un poco de color en tus mejillas y en tus labios aquella vez que estuviste postrada en cama por la infección que te produjo la asquerosa aguja con la que te tatuaron un tobillo. También cuando fuiste a parar al hospital con aquel bajón de potasio que te acalambró por completo el cuerpo. "Mom, estamos a tiempo. Mom, todavía tenemos mucho por compartir, lo sé, lo siento", me digo mientras camino por el pasillo del hospital a tu habitación. "Mom, te acepto tal como eres. Prometo que tan pronto vuelva a tu lado, te diré que estoy orgullosa de ser tu hija. Te diré que te quiero todas las veces que sean necesarias. Mom, te amo".

Una de las cosas que más me asombra de mi hermana es la tremenda confianza que tiene en sí misma. Es difícil, diría, "imposible" que alguien la impresione. Para Elina una cosa es admirar a una persona y otra sentirse apabullada, inquieta o emocionada ante ella. Enfatizando su postura, ella repite la que para mí es un dicho chocante, vulgar, nada "guchi": "En este mundo matraca, de cagar nadie se escapa, caga el cura, caga el papa, y hasta la mujer más guapa deja su montón de caca".

Mi hermana llegó a los Estados Unidos cuando era una chiquilla falta de malicia y una boba de remate. Dos décadas después, al reunirme con ella me encontré con que era otra persona. Ya no comía cuentos de nadie, ni creía en huevadas como aquello de conservar las buenas maneras, sonreír y ser amable con Raymundo y todo el mundo. Había dejado de brindar el sagrado respeto a los semejantes, respeto que se merecían así fueran unos hijueputas. Mi hermana había aprendido el difícil arte de decir las cosas de frente, al pan, pan, sin importarle herir susceptibilidades o ganarse enemigos gratuitos. No creía ni en el "Padrenuestro" puesto de rodillas. En cambio, yo llevo casi tres décadas viviendo en Nueva York y todavía no he logrado superar esa fascinación que tenemos la gente de mi país por los famosos, los ricos y la gente bella. Me cuesta, no es nada sencillo dejar atrás esa frivolidad; fácilmente quedo embobada por la gente bonita; deslumbrada por las personas importantes y además, bonitas. Si tengo que describir a una persona, antepongo la palabra linda, guapa, bella, "guchi", … El resto es secundario, irrelevante. Para mí alguien que es feo está jodido, así sea la más agradable y bondadosa de las personas.

Mis dos esposos fueron hombres guapos. Me casé con ellos por su cara linda sin importarme que fueran un par de sinvergüenzas, aprovechados y vividores. El primero tenía unos ojos verdes que me enloquecieron a pesar de saber que era sádico, abusivo y que no me convenía. La misma noche de nuestro matrimonio empezó a maltratarme y verme como una cosa que le pertenecía. Luego de partir el pastel de bodas me metió en la boca el primer bocado a la fuerza, me hirió el paladar con la cuchara mientras reía complacido. Me di cuenta de lo que venía, pero estúpidamente pensé que mi amor lo endulzaría, que podía cambiarlo. Como si se pudiera cambiar a una bestia o un sicópata. Tuve que estar loca para soportar que me abofeteara, me dejara los ojos morados y me arrastrara de los pelos por el piso cada vez que se sentía de mal humor o frustrado porque las cosas no salían como las había planeado. Mi casa y mi carro pasaron a ser de su propiedad; mis ahorros y salario de médico, que no eran nada despreciables, fueron a parar en su cuenta privada. Yo creyendo que me amaba cuando sus bellos ojitos verdes echaban lágrimas de cocodrilo para que yo siguiera aflojándole el billete.

Como agradecimiento a la buena vida que le daba, me regaló un perro de "pura raza". El mierdoso infeliz quiso humillarme, verme la cara de huevona, con pena y rabia descubrí sus embustes cuando al primer baño al animalito de pedigrí se le desprendieron las orejas y se le fue el hermoso color café dorado. Un día huracanado y lluvioso me obligó a salir tras el perro que se había escapado. El animal pisó un cable eléctrico que la lluvia y el viento habían tirado al piso y al instante murió carbonizado. Al ver al pobre perro electrocutado me dio un ataque de risa; entré a la casa sin parar de reír y seguí riendo a carcajadas a pesar de los bofetones que me dio el hijueputa. Me reí de ver su cara de estupor, de su furia, de mi suerte al pensar que la electrocutada pude ser yo, de mi mala cabeza al haber escogido como marido a esa bazofia, a ese mequetrefe, mamarracho.

Fue entonces que llegué a Nueva York escapando de esa maldita sabandija. No aprendí la lección, volví a tropezar con la misma piedra y elegí a otro guapo "bacanito" como segundo marido. Ese hombre creía ser un caballero medieval, usaba barba al estilo Sean Connery y era dueño de una estatura impresionante. Lo vi y la mente se me nubló a pesar de que el instinto, ese sexto sentido más refinado que los otros, empezó a funcionar para alertarme del peligro. No sé qué elementos químicos o qué diablos se disparan en los nervios para avisarnos, pero cualquier señal fue en vano porque yo estaba hechizada. Ante mí, a mi alcance, tenía a ese guapo "guchi" que, según yo, quería conquistar cuando fue él quien había decidido no dejar escapar una preciada presa. Quise vivir la vida junto a él a cualquier precio; no me importaba lo que viniera después: insultos, abusos, robos, si ese era mi destino, lo aceptaba en su totalidad.

Cuando ese destino se cumplió, no pude quejarme; ahí estaba, atrapada dentro de las mismas condiciones. Este hombre, como el otro, resentía mi intelecto, no soportaba mi posición de médico, respetada y rodeada por sentimientos de amor y amistad. Le molestaba sentir que el mundo me regalaba todo lo que a él le faltaba, sin considerar el esfuerzo de mi parte para conseguir las cosas. Si no hubiera estado convencida de mi valía como ser humano y como profesional, el azote emocional que este tipo me propinaba me hubiera hecho pedazos.

Todo volvía a repetirse: las humillaciones, las críticas, las injurias, las palabras; avanzando en círculo hasta hacerme sentir culpable de maldades que no había cometido. Era como estar viviendo otra vez los mismos momentos; como si la vida no tuviera más variantes. ¡Puta madre! ¡Cuánta desesperanza! Años desperdiciados al lado de ese par de abusivos egoístas, ¡y todo por mi frivolidad!, por fijarme solamente en la belleza física y no saber apreciar las cualidades que hacen de un ser humano una buena persona. Río como si me hiciera gracia decir cosas que deberían dolerme. Mi hermana me miraba disimulando la rabia que le producía mi actitud despreocupada y la forma tonta e ingenua con que disculpaba el abuso de esos canallas; ella no sabía que esa era la manera de sacarme la vergüenza de encima.

De cualquier manera, aquí sigo sin entender del todo este juego misterioso y perverso que es la vida, donde poco se puede hacer contra las leyes que impone la condición humana. ¿O será el destino? Porque sabemos lo que va a pasar, pero, querámoslo o no, no podemos evitar que las cosas pasen. Mi hermana dice que el hombre y su destino se crean uno al otro. Desde el principio nos damos cuenta de que lo que digamos o hagamos nos llevará a la desgracia, sin embargo, no nos detenemos, más bien abrimos la puerta a la fatalidad. El destino se asoma y nos llama, podríamos esquivarlo, darle la espalda, alejarnos, pero no es así; más bien hacemos todo lo contrario, lo invocamos, lo tentamos, no lo dejamos huir y sin saberlo, lo obedecemos. Solamente cuando se repasan los hechos que han quedado atrás se es consciente de su fuerza aplastante. Es entonces que el hombre sufre y se lamenta de ese destino que él mismo forjó. Muchas veces me he preguntado si la felicidad forma parte del destino. Como respuesta mi hermana me recuerda lo que Camus dice al respecto: *El corazón humano tiene una fastidiosa tendencia a llamar destino solamente a lo que lo aplasta. Pero también la dicha, a su manera, carece de razón, pues es inevitable.* Al final, yo creo que nuestra humanidad probablemente radica en esa lucha inútil contra lo inevitable; somos dueños absolutos de nuestros días, el destino nos pertenece.

Definitivamente mi hermana y yo somos diferentes. Elina es práctica, nihilista, atrevida e irreverente. Muchas veces la miro cuando está quieta y callada. En sus ojos descubro cierto brillo extraño y me pregunto qué cosas terribles pasarán por su cabeza. Detrás de su mirada se esconde, no sé, algo indefinido; pasiones que guarda en el alma, que, con cierto resquemor, me hace pensar en las fieras escondidas en medio de la maleza. Nuestra madre Toby me contó que cuando éramos pequeñas su padrastro estuvo a punto de morir envenenado. ¡Por supuesto, que Toby se alegró de ver pataleando al viejo!, se lo merecía por maldito. Pese a ello, nada tuvo que ver con el envenenamiento, aunque siempre quiso verlo muerto. Toby sospechaba que mi hermana era la culpable:

"Esa niña era rara". La mayor parte del día se la pasaba escondida bajo una cama, y en la noche, en lugar de dormir como todos los chicos, miraba el cielo parada junto a la ventana. La gente creía que era muda. No decía una palabra a pesar de saber hablar; las pocas veces que lo hacía era para mencionar al monstruo de cuernos enormes con patas de cabra. Esa chica era una endiablada, gritaba y pataleaba como si estuviera poseída si alguien intentaba tocarla y peor, acariciarla. Ella fue la que puso el veneno en la colada del desgraciado que todos llamábamos "abuelo". Ella muy bien sabía dónde guardaba nuestro padre el 1080 para las ratas, también sabía cuál era la taza del maldito.

No puedo negar que mi hermana tiene una manera de pensar que la hace especial; la enorgullecía ser la sobrina de Alejo, el delincuente hermano menor de nuestro padre. En el pueblo donde papá y sus hermanos nacieron, se rumoraba que Alejo había escapado a las montañas después de acuchillar a muerte a un tipo que le había robado un par de caballos. Mi hermana aplaudía que el tío tuviera las agallas para ajusticiar a quien le había hecho daño, pero eso de intentar matar a alguien era una locura, incluso para ella. No creo que Elina pudiera hacerlo, menos aun cuando era una niña.

Para mi hermana toda actividad humana es normal. Ella dice que las malas pasiones, esos desechos del alma humana que escondemos porque nos avergüenzan, forman parte de la naturaleza del hombre. Por lo tanto, podemos condenarlas, pero no escandalizarnos porque es de humanos hacer barbaridades. Para mí estaba bien insultar y decir vulgaridades, pero no era "guchi" tocar el escabroso tema del sexo y, cuando ella lo mencionaba me ponía en guardia. Pienso que por ser doctora en medicina no tengo problemas con la desnudez. A diario reviso cuerpos de hombres y mujeres mostrando sus genitales. Yo misma me muestro desnuda sin sentir vergüenza porque el cuerpo humano es para mí sólo un instrumento, una representación del ser al cual hay que cuidar y sanar cuando enferma. Sin embargo, no me siento confortable hablando del sexo, de cosas íntimas que considero que me pertenecen.

Ella se burlaba de mi manera de ver la sexualidad, especialmente cuando me jactaba de no sentir urgencias carnales después de dejar atrás la juventud. Por formación, más que por pudor, las mujeres de mi país somos recatadas. Mi hermana dice que, especialmente las mujeres de nuestra generación son hipócritas y reprimidas. Fingimos escandalizarnos, negamos que gozamos de las relaciones sexuales y ninguna acepta que se masturba, que usa consoladores cuando tiene "ganas". Todo esto es el resultado de la pobre, manipuladora y castrante educación que recibimos. A las niñas no se nos mutilaban los genitales como se practicaba en África y el Medio Oriente, pero se nos cortaba el clítoris emocionalmente. Admirar a un hombre y peor tener un roce con uno de ellos, eso significaba ser puta. Mi hermana me dice que aprendió a gozar la manera asquerosa como un hombre la miraba; un comportamiento que antes consideraba un atrevimiento y la hacía sentirse sucia. Le sucedía a menudo antes de reducirse los senos y tirar a la basura esas "asquerosidades de vaca lechera".

Ella poseía unas tetas enormes y no podía evitar provocar en los hombres el deseo de por lo menos gozarlas con los ojos. Pero de mirar a tocar había una gran diferencia. No fue hasta el 2017 que se empoderó a las mujeres que habían sufrido acoso sexual, especialmente en sus lugares de trabajo. El movimiento llamado *Me too* tomó fuerza cuando famosas estrellas de Hollywood presentaron acusaciones de abuso sexual contra Harvey Weinstein, el productor de cine y propietario de Miramax. El movimiento trajo como consecuencia que la empatía de la sociedad hiciera que las mujeres tuvieran el coraje para hablar de sus feas experiencias.

"Yo, como la mayoría de las mujeres, también fui abusada", me confesó mi hermana: "Todavía era la boba que llegó a Estados Unidos cuando el médico que me examinó, un cubano malparido, me sobajó los senos, restregó y metió su asquerosa verga entre mis piernas. No supe que hacer; por vergüenza no lo dije a nadie, ni siquiera a mi marido y lo he guardado como un secreto hasta ahora que las mujeres podemos hablar y sabemos que somos víctimas. Nuestro cuerpo o la ropa que usamos no es motivo para ser violentadas, no somos culpables del morbo masculino, de su desequilibrio hormonal. Te lo juro que, si eso me hubiera sucedido unos años después, a ese infeliz le arrancaba los ojos y los güebos antes de denunciado a las autoridades para que lo enterraran en la cárcel".

Contagiada por su valentía, le conté lo que por años también fue para mí un vergonzoso secreto. Tenía tres años de haber llegado de Ecuador y uno de casada con mi segundo marido cuando en una de las fiestas que él organizaba para alardear que manejaba dinero (mi dinero), uno de sus amigotes me siguió hasta el dormitorio, cerró la puerta, me agarró por detrás, me tapó la boca y me violó. El infeliz me amenazó con matar a mi hija de meses si me atrevía a gritar. Como era una idiota le creí y dejé que ese infeliz me ultrajara. Un tiempo después, se lo conté a mi marido para refregarle en la cara la clase de alimañas que traía a la casa; luego me arrepentí, porque mi humillación le importó un comino, quizás creyó que estaba difamando a su querido amigo. Mi hermana decía que siempre que fuera consentido, tirar, coger, chichar, o como quiera llamarse al acto sexual, era tan normal como tomar agua para calmar la sed. Igualmente, se podía llegar al paraíso si uno estaba alborotado. Si en algún momento ella dejó de tener una pareja fue porque la edad la volvió exigente. Se dio cuenta de que ya no tenía deseos de descubrir los recovecos que los hombres escondían debajo de la sonrisa y las palabras bonitas; tampoco tenía el tiempo necesario para lidiar con otro tipejo. "Ay hermana", decía: "las cosas cambian, una relación requiere un tremendo desgaste de energía y con el tiempo la presencia del mismo hombre y la rutina cansan. Es mejor una aventura casual, que el hombre te sorprenda y adiós. Confieso que me sigue entusiasmando ver cómo un macho brama igual que una bestia, pero el placer igual se consigue con un consolador sin tener que confundir los propios flujos con los fluidos de otros cuerpos".

Mi hermana negaba ser romántica, sin embargo, le brillaban los ojos y le temblaba la voz cuando hablaba de ese hombre que conoció en la adolescencia; al que visitaba cada vez que regresaba a Ecuador. La excitaba recordar su manera de mover los labios al hablar, de ladear la cabeza para mirarla, su energía para apretarla entre sus brazos. Esas ganas de revolcarse con un macho las guardaba para él. Ese hombre era para ella ideal porque el poco tiempo que compartían no le permitía conocerle fallas ni putadas. Ese era el amor perfecto, el amor que no palidecía ni moría porque la separación y la distancia lo protegían de la rutina y el desengaño.

Yo escogí mis maridos por ser bonitos, ella por conveniencia. El primero la ayudó, en parte, a costear sus estudios universitarios, el segundo a echar adelante el negocio textil del que era propietaria. Mi hermana creía que como toda relación humana esto de la convivencia era un trato, dando y dando. El primer marido fue un tipo feo al que yo nunca hubiera mirado. El hombre no era ningún "guchi", pero se comprometió a trabajar, a ofrecerle lo que necesitaba mientras ella se hacía de una carrera. Desde el comienzo mi hermana supo que esa relación no iba a ningún lado porque no sentía atracción, admiración, ni siquiera un ápice de cariño por él. Elina me confiesa que era el tipo de hombre con una personalidad, carácter y verga que ella detestaba más. Como lo que no nace no crece, no tuvo ningún reparo en conseguirse un amante, y tan pronto como pudo, salió pitando de esa farsa que era su matrimonio.

"Elina ese hombre pudo matarte por haberlo usado y engañado. Un hombre por muy bueno que sea no soporta ser herido en su orgullo", le digo a mi hermana. En el alma de todo ser humano se esconden pasiones salvajes y existen momentos en que esas pasiones escapan de sus guaridas ansiosas por encontrar la presa, herirla y devorarla. Le digo a mi hermana que es difícil para el hombre domesticar a estas fieras, por más que se trate, es en vano porque las pasiones no conocen el mandato de la razón, más aún, si las que se desatan son el rencor y la venganza.

"Hermana, tu marido pudo matarte. Matar para vengarse, para deshacerse de un rival, de una mujer infiel". Insisto. Pienso que si el hombre posee la habilidad de doblar el dedo pulgar es para asir las cosas. Esa habilidad también le permite empuñar un cuchillo, un arma. Con esa habilidad Judith cercenó la cabeza de Holofernes; el rey David aprovechó de esa habilidad para sacar del camino a Urías el marido de Betsabé y apoderarse de ella. Mi hermana cree que un hombre, no sólo bueno sino pendejo, como fue su exmarido, pudiera tener las agallas para matar, aunque fuera una hormiga. Según sus palabras ese hombre era dueño de una verga enorme y un amor propio chiquito. Yo creo que ese comportamiento no era cuestión de amor propio sino falta de amor. Ese hombre no quería a mi hermana y más bien su traición fue para él una liberación.

El amante que mi hermana tuvo mientras estaba casada con el primer marido se convirtió en su segundo marido. El tipo no era bonito, tampoco feo, pero se las daba de guapo, se creía un "guchi". Mi hermana confiesa que sus intenciones eran tener un buen tiempo con ese tipo bruto con ínfulas de *capo*, sin involucrarse y sin compromisos. Pienso que mi hermana, quizás influenciada por las experiencias vividas en una cultura diferente a la nuestra, o el poco valor que le daba a las virtudes y cualidades morales, no tenía conciencia de la fidelidad. Para ella sólo contaba el deseo de vivir, vivir según sus reglas; más, si existía la fascinación del peligro. Si yo hubiera hecho algo semejante me sentiría no sólo pecadora sino merecedora de la horca y el infierno. Me pregunto ¿cómo podría volver a mirar de frente a los demás, disfrutar de la brisa o ver caer la lluvia sin sentirme despreciable? No era mi intención condenar a mi hermana por su manera de actuar sin pensar en las consecuencias, en el daño causado a sus hijos. Yo lo único que deseaba era hacerle preguntas. Preguntarle... ¿Qué podría preguntarle?

Entre tantas cosas que a la vez me molestan y admiro de mi hermana está la arrogancia con la que muchas veces actúa, el desprecio con que se expresa de los demás: "Ya fui cojuda por mucho tiempo para seguir de mamerta a estas alturas y dejarme abusar por cualquier pendejo. Pueden llamarme mezquina, codo duro, pero no voy a entregar lo que me he ganado a brazo partido a ningún aprovechado"; eso dice ella y lo cumple.

Mi hermana es una "bacanita", hueso duro de roer, ella no es como yo. Si alguien me llora o me cuenta las tristes, ahí mismo aflojo los billetes. Por años trabajé como una mula para así poder enviar dinero a mi país y que mi familia, especialmente mi sobrino, pudiera disfrutar de una vida, no sólo holgada, sino de lujos. Mi hermana me aconsejaba no sufrir por los demás, que cada uno se rascara con sus propias uñas, acaso no me había dado cuenta de que me estaban timando, "tú acá sufrida y ellos allá dándose la gran vida", me decía, para que yo dejara de sentirme obligada a hacer feliz a los demás. Escuchándola pensaba que mi hermana se había vuelto egoísta e irresponsable. Con eso de tener ideas prácticas no había estado obligada a nada ni había tenido que rendir cuentas a nadie. Cuando mi hermana se fue del país o la sacaron de casa, de lo que se quejaba, supimos que sufrió desmanes y humillaciones, pero al mismo tiempo logró desentenderse de todo lazo familiar. Fuimos los demás, los que quedamos atrás, a los que nos tocó cumplir con la familia y cuando los viejos enfermaron, fue nuestra obligación proveerles cuidados, ayudar a darles de comer y lavarles el trasero. Cuando nuestra madre murió mi hermana llegó a los funerales; por compromiso se acercó al féretro, miró el cadáver de reojo y ni siquiera por fingir derramó una lágrima; a familiares y amigos nos dolió su insensibilidad.

Llegué a Nueva York siendo médico en mi país. Traía conmigo años de práctica que de poco servirían en un país tecnificado donde códigos y protocolos no daban lugar a la experiencia; donde un certificado, un permiso, eran garantía de destreza. Tuve que aprender que este nuevo mundo era una máquina y que el avance profesional requería doblegar y esconder eso que se llamaba "expresión de los sentimientos". Los apapachos, besuqueos y *te quieros* que eran cosa normal en la cultura de la que provenía, tuve que reprimirlos si es que quería ser parte del engranaje médico de la mega sociedad.

Recuerdo el pueblito donde tuve la práctica rural obligatoria en mi país. Un pueblito miserable fronterizo con Perú, donde morir era una suerte. El camino que me llevaba de la fonda, convertida en vivienda para los pasantes, al centro médico era de tierra. Las lluvias dejaban charcos y lodazales que pronto se convertían en criaderos de alimañas. Mirando las casuchas de caña, latón y techados de zinc herrumbroso, así como a las gallinas, los perros, los chivos, los burros y los niños mugrosos, pensaba que Guayaquil, mi ciudad nativa, era el paraíso y lo había perdido. No era fácil comprender como los pobres podían sobrevivir en aquel ambiente que les había tocado en suerte. Como médica comparé la pobreza con una herida en el cuerpo; una herida con la que se vivía, esperando que un día se cerrara y así seguir por la vida entre pequeños momentos de dicha y la triste y enorme realidad. En esos momentos comprendí por qué los pobres se abrazaban a Cristo, ese hombre miserable chillando de dolor colgado de un madero, lo tomaban como compañero de viaje. Solo así, creyendo en Cristo, podían soportar el dolor presente con la esperanza de una vida mejor más allá de la muerte.

La pequeña construcción de bloques de ladrillo donde funcionaba el centro de salud contaba con diez camas de las cuales la mitad estaban ocupadas por parturientas y las restantes por acuchillados, mujeres maltratadas y niñas violadas. A la consulta llegó una chiquilla sucia y ensangrentada acompañada por su madre. La paciente aparentaba tener doce o trece años. Tenía la piel oscura, seca y resquebrajada por el sol. Los huesos apenas cubiertos por la dermis denunciaban un alto grado de desnutrición. Según declaraciones de la menor, había sido violada sexualmente por seis gendarmes de la policía fronteriza. Luego de curarle las heridas causadas por el brutal ataque, supe que la muchachita tenía diecisiete años y junto con la madre se dedicaba al cuidado de una piara de cerdos a los que arriaban por el pueblo en busca de sobras de alimento para ellas y los animales. Horas más tarde la chiquilla tuvo fiebre, vómito, convulsiones y murió al amanecer.

Aquellas manifestaciones me llevaron a la conclusión de que era otra y no la violación múltiple, la causa de muerte de la chiquilla. Mi tarea, además de tratar a los enfermos, consistía en documentar todo procedimiento y resultado obtenido en cada caso. Como el pequeño centro médico no contaba con el equipo y material necesario para realizar una operación forense, yo misma encontré la manera de hacerlo. Cuando con un serrucho y un taladro trepané el cráneo de la muerta, cientos de gusanos saltaron de los sesos. La violación fue un desagradable evento que coincidió con un caso de triquinosis. La enfermedad fue producida al consumir carne de cerdo infectada con las larvas del parásito de tenia, lo que le produjo un quiste.

La madre recurrió a la justicia, acusó a los violadores y dijo: "Esos hombres mataron a mi hija". A pesar de que la niña murió por causas que no tuvieron que ver con la violación. Penosamente, en ese pueblito miserable nada pudo ser investigado y menos probado y ahí terminó el cuento.

Durante la práctica me encontré con situaciones propias de estos pueblos donde las vidas de las personas valían lo mismo que la de un perro callejero que muere apedreado o aplastado por un vehículo. Nacer y morir eran la misma cosa, incidentes que ocurrían todos los días. Para muchas madres sus embarazos significaban lo mismo que estar gorda o tener parásitos. Muchas veces escuché esta plática entre mujeres embarazadas:

—¿Qué le pasa comadre que tiene la panza enorme?

—Creo que he comido mucha fritanga.

—No comadre, yo sé lo que le pasa, se lo digo porque a mi ya me ha pasado tres veces. Esa barriga es cosa de lombrices, para eso no hay nada mejor que el paico o tamarindo en ayunas.

A la hora de parir empezaba el correteo para nada. El gobierno había decidido detener el crecimiento de la población pobre. Para lograrlo parteras y comadronas, a punto de cloroformo, noqueban a las más ingenuas para luego decirles del tremendo paquete de lombrices que les habían sacado del estómago. A otras les salían con el cuento de la criatura resbalosa que como un pescado se escurrió y había ido a parar al cubo junto a la cama.

Reporté estas atrocidades a las autoridades. Lo que estaba pasando no era nada "guchi". Ahí estaban matando a los recién nacidos. El administrador llamó a la policía, los agentes escribieron un reporte para luego hacer las investigaciones respectivas. Penosamente, parteras, administradores, policías y jueces obedecían órdenes superiores y no se logró que las cosas cambiaran.

No sabía si creerle o no cuando Pascualita Quiñones, una vieja enfermera, me dijo que de nada servirían mis reclamos, igualmente en los 1960, nadie pudo detener que las mujeres pobres fueran infertilizadas con las medicinas que proveía el plan llamado, "Alianza para el Progreso". "Mejorar la vida de todos los habitantes del continente", decía la propaganda del programa de ayuda económico-político-social de Estados Unidos para América Latina propuesto durante la administración de John F. Kennedy. De acuerdo con Pascualita, evitar que más pobres nacieran era una manera de mejorar la vida de los pueblos americanos. Mi informe fue a parar a una gaveta, todo siguió igual.

Luego, cuando llegué a Estados Unidos y estudiaba para tomar los exámenes necesarios y obtener la licencia que me permitiría ejercer la profesión en este país, trabajé en una clínica privada. Insistía en que en este país las cosas eran perfectas, olvidando que trataba con seres humanos e igualmente en la noche de sus almas, anidaban las mismas pasiones: vanidad, odio, egolatría, envidia, venganza… La directora y propietaria del centro médico, supuestamente, era mi amiga. Habíamos hecho la carrera juntas en Ecuador y, sin embargo, abusando de mi situación, no sólo me obligaba a atender a sus pacientes sino a ejercer como enfermera, técnica de ultrasonido y asistente en cirugías menores. Prácticamente fui su esclava, trabajaba de doce a quince horas diarias incluyendo los fines de semana y por el mismo salario regular. Sólo la necesidad y mi carácter de sufridora de mierda lograron que soportara arbitrariedades y humillaciones; por el contrario, obediente a mi estúpida manera de pensar, le agradecía el favor que me hacía.

Me habían enseñado y seguía creyendo que la amistad era el sentimiento más noble entre los seres humanos, donde el altruismo y la disposición de ayudar eran indispensables. Entendía que la amistad era un servicio, y no tenía derecho a exigir la fidelidad, tampoco ninguna recompensa de quien aceptamos como amigo. Para ella, seguramente la amistad significaba otra cosa y no dudaba en aprovecharse de mis conocimientos. Con toda razón mi hermana me acusaba de padecer el síndrome de Estocolmo. Lo acepto, estaba en mi carácter y naturaleza sufrir vejaciones sin protestar y más bien trataba de proteger y defender al que me causaba daño. No sé cuántas veces le dije a mi hermana que dejara de meterse en mi vida, que se fuera a la mierda: "Si regalo mi tiempo y mis energías a mi jefa, si desperdiciaba mi dinero en mi sobrino, si mantenía a mi marido, esos eran mis problemas. ¿Es que envidias a esa gente que tiene la suerte de contar conmigo?". Así le respondía, inconsciente de mi tontería, creyéndome la muy “bacanita”.

Yo tenía doce años cuando mi hermana viajó a los Estados Unidos. Por aquel entonces creíamos que había sido invitada a pasar tres meses de vacaciones en casa de nuestra tía. Pasaron los meses, los años y mi hermana nunca regresó. Un día doloroso escuché a los mayores comentar que el viaje había sido un pretexto para darle a la pobre tonta la oportunidad de que hiciera algo provechoso con su vida. Ese viaje de vacaciones fue un plan para deshacerse del estorbo que era ella y permitirles a los cuatro hermanos que dejó atrás, disfrutar de una vida más holgada. A veces los hechos son consecuencias tristes de otros hechos. Uno no peca por lo que hace, sino por la intención con la que lo hace. Al final ese viaje fue para bien de mi hermana, aunque en realidad fue un acto de cobardía, una marranada de parte de nuestra madre que no puedo aplaudir. Pido perdón y compasión para nuestra madre. Sé que Gilly, la hija de mi hermana, ha tratado inútilmente de hacer lo mismo. Gilly ha dicho que olvidara lo que hizo la abuela, que recordara solamente las cosas buenas, que gracias a ella fue a la escuela y sabía leer y escribir. Nuestra pobre madre pecaba de ignorancia.

—Ella no te daba cariño tampoco atención, pero nunca te dejó morir de hambre, —le digo intercediendo por la vieja a sabiendas de que ese hecho es una herida abierta en su alma que difícilmente cerrará. Creo que pueden pasar un millón de años, pero mi hermana no olvida ni perdona. Con amargura dice:

—Quizás esa señora fue una buena persona, lo fue para ti, quizás para los otros hijos también..., pero, no para mí. Me parió porque no encontró las maneras para abortarme, como llegó a confesármelo un día. A ella no le importó, o no se percató, de que sus palabras herían mi alma. Me crió como también crió a los perros y a los gatos que llevábamos a casa, pero nunca tuve de ella amor, ternura, nada que pueda recordar con cariño.

—Ya no eres joven y pronto sentirás los achaques de la edad, la amargura, los remordimientos, la horrible nostalgia por lo que quedó atrás... Podrás percatarte de que la vida se encarga de cobrar y ajustar cuentas.

—Posiblemente mis hijos llegarán a sentir rencor por lo que hice mal, sufriré, me sentiré desgraciada, pero ahora lo que importa son mis sentimientos. No le tengo pena, tampoco siento piedad por ella, sólo este desdén que en cierta manera es una forma de venganza. —Aún hoy, casi cincuenta años más tarde, mi hermana resiente esos momentos y esa trastada que le causaron tanto pesar.

—Ese era mi destino, tenía que cumplirlo, estaba destinada a recorrerlo. Te das cuenta de que solamente lo que tiene que pasar pasa. Mi casa era mi familia y fui echada de ella para pagar por ser una boba, una inútil, —dice pesimista.

Nuestra madre no quería a mi hermana porque la consideraba incapacitada y sucia. La razón para este rechazo es un secreto que me duele a tal punto que me resisto a decírmelo a mí misma. Jamás saldrá de mi boca algo que pueda dañarla o provocarle más dolor. Ella es de mente abierta y tiende a racionalizar todo lo que la perjudica, aun así, no puedo ni debo hacerlo. Mi hermana es tremendamente intuitiva, como si lo adivinara me pregunta:

—¿Por qué razón no fui virgen si no tengo memoria de haberla perdido? ¿conoces si me sucedió algo feo cuando era una niña, antes de tener uso de razón? —Le doy una explicación médica, le digo que existen mujeres con el himen elástico y la penetración no les provoca ruptura ni dolor. No sé si me creyó o no, lo cierto es que la vi quedarse en silencio con la mirada perdida, rebuscando en algún recoveco de la memoria un indicio.

—¿Conoces la paradoja del gato de Schrodinger? —preguntó de buenas a primeras. Como no lo conocía mi hermana me explicó que se trataba de un experimento.

—Dentro de una caja que luego se sella, se coloca un gato y un frasco con veneno donde el frasco tiene un 50% de probabilidad de romperse. Si el frasco se rompe dejará escapar el veneno y consecuentemente matará al gato. La interpretación de la mecánica cuántica implica que antes de mirar dentro de la caja el gato está simultáneamente vivo y muerto. Si uno abre la caja y mira dentro puede ver si el animal está vivo o muerto, no ambas cosas. Esto demuestra que es la observación la que determina la realidad.

—No puedo entender qué quieres decir con esta historia del gato.

—Que no voy a angustiarme por algo de lo que no soy consciente. Tu secreto no es parte de mi memoria, por lo tanto, mientras lo guardes es tu realidad. Si quieres me lo cuentas o no. Pero no me vengas con abrazos de consuelo, sabes que odio esa basura. También sabes que no soy una almita desvalida que se ahorca o se corta las venas. ¡No me jodas!

Existen cosas que se expresan con palabras, otras no las necesitan. Digo esto por esa pintura que deja a mi hermana sumida en el mutismo no importa las veces que la vea. El Museo Metropolitano de Arte en Nueva York es enorme y tiene salas y secciones dedicadas a los diferentes estilos, movimientos y épocas en la historia del arte. Sin embargo, cada que Elina tiene la oportunidad de visitarlo regresa al mismo salón, parece que un imán la atrae al mismo lugar. El salón está dedicado a las obras pertenecientes al surrealismo; ahí, entre las obras de Dalí, Miró, de Chirico, Magritte…, se encuentra esa pintura "guchi" donde aparece una adolescente con las manos sobre la cabeza, perdida en sus pensamientos, inconsciente del mundo que la rodea. La muchachita sentada en una postura sugerente levanta una pierna y muestra sus calzones; *Teresa soñando* (Thérése dreaming) como se titula esta pintura de Balthus; ha sido acusada de ser una apología a la pedofilia y censurada por mostrar un erotismo morboso, alejado de la inocencia; negando que es el espectador, quien con su malicia, el que mancha el candor de la niña. "Vamos a ver la nueva exhibición y luego regresamos a tu salón favorito", le digo a mi hermana procurando alejarla de lo que yo considero un peligro. Es en vano, en el fondo de su alma vive el deseo dañino de descubrir algo que intuye, una realidad odiosa, la llegada de una luz destructora, una luz que rompe las tinieblas como aquella de un rayo posiblemente fatal. Mi hermana se acerca a *Teresa soñado* sin mirar a las otras pinturas que están en el salón, se dirige a ella con los mismos movimientos sigilosos de un cazador tras las huellas de un animal salvaje. Se detiene frente a ella y ocurre el hechizo: igual que Teresa en la pintura, ignora el mundo que la rodea, queda presa en sus pensamientos e inmovilizada por sus inquietudes o quizás por sus temores. No sé por qué mundos viajara su mente. Muda, respira pausadamente sin que su rostro muestre ninguna expresión. Tiemblo pensando que en algún recoveco de su memoria aparezca un indicio de aquel suceso que debe permanecer para siempre en el pasado. Por un momento vuelve la mirada y al mirarme creo que sabe algo, que se imagina cosas, que el lenguaje simbólico de la obra le ha enviado una señal y le ha ofrecido la respuesta que yo jamás podré darle. No quiero añadir un dolor más y acabar de romperle la vida con un maldito instante en esa niñez que ha olvidado. La abrazo, deseando protegerla, entonces la llevo de la mano a que me explique, una vez más, la simbología en *Ariadne*, la pintura de De Chirico.

Existen frases y citas que mi hermana repite en su trabajo literario: *El desquite no es un hecho, es un estado de regocijo en donde el alma alcanza la más pura y poderosa emoción. Lex talionis, la ley del del talión, ley de sangre hebrea, ley de represalia mesopotámica: ojo por ojo, diente por diente.* O lo que dice Lamech a sus esposas en Genesis 4:23-24: *Qué varón mataré por mi herida, y mancebo por mi golpe. Si siete veces será vengado Caín, Lamech en verdad setenta veces siete lo será.*

He llegado a la conclusión de que las mismas son para ella un lema de vida. Mi hermana dice que matar a otro ser humano debe ser fácil, pero se debe cumplir con los formulismos sociales y aguantarse las ganas.

—¿Recuerdas cuando nuestra madre levantaba el cuchillo y de un solo tajo mochaba la cabeza de las gallinas? —Me pregunta con regocijo. —Recuerdas aquella ocasión que para celebrar la navidad "la Puta", la hermana de nuestra madre, ¿mató al cerdo que criaba en el patio de su casa? A las dos les brillaban los ojos y sonreían mirando como el filo del cuchillo relampagueaba y la sangre manaba a chorros del cuello de los animales. Tú, yo y nuestros hermanos queríamos reclamar o gritar de pena por las gallinas y el cerdo, sin embargo, no hicimos lo uno ni lo otro; las palabras habían escapado de nuestras gargantas y como hipnotizados mirábamos los degollamientos con el mismo resplandor en los ojos que tenían ellas. Esos sacrificios me enseñaron que matar está en los genes, en la sangre, en los nervios, escondido en lo profundo del alma humana.

—Recuerdo esas atrocidades.

—Tú eres una doctora, tu formación y ese juramento hipocrático que mencionas para convencerte de que tu misión es curar y salvar inclusive a miserables que no tiene razón para existir, han aplacado los instintos naturales propios de la especie. Sin embargo, tus libros y series televisivas favoritas son aquellas de crímenes y asesinos en serie. Glorificas a sicópatas como Ted Bundy y Jeffrey Dahmer, ambos físicamente bien parecidos (inclusive los asesinos debían cumplir con ese requisito). Bundy, antes de ser ejecutado, confesó haber secuestrado, violado y asesinado a treinta mujeres, y Dahmer, conocido como el "Caníbal de Milwaukee" mató y desmembró el cuerpo de diecisiete hombres y muchachos. Este asesino y violador comía partes del cuerpo de sus víctimas que guardaba en su congelador. Cuando juntas mirábamos episodios de tus series favoritas gritabas, no de terror sino de emoción oculta ante las escenas homicidas, el relampagueo en tus ojos delataba esa virtud ancestral que significa matar. Te has fijado que La Biblia, sólo para mencionar uno de los libros sagrados, registra degollamientos, sacrificios, muertes, y no nos causan espanto ni nos traumatizan porque creemos que son parte de la justicia divina heredada por los humanos.

—Me gustan esas historias.

—Es que existe algo puro y divino en el acto de levantar un arma. ¿Te imaginas el éxtasis alcanzado por Caín al asestar la quijada del burro que mató a su hermano? El placer de Abraham en el momento de levantar el cuchillo para sacrificar a Isaac. No importa que lo hiciera para probar la obediencia a Dios; lo que cuenta es la intención perversa del padre contra el hijo. Con ese mismo éxtasis y placer también se cortó la cabeza del Bautista. Si no fuera por el sentimiento de culpa implantado por la fe cristiana en la que estamos educados, y las leyes jurídicas, seguramente ya muchos estarían en el otro mundo con los sesos revueltos, y otros tantos con las tripas afuera y los güebos rebanados, —dice mi hermana con un mohín de desprecio en los labios. Triunfante proclama: —Para eso está la literatura, la ficción, para castigar sin un ápice de remordimiento a los que te joden la vida. Ya que no puedo matar de forma física lo hago con un arma igual de poderosa y mortífera como son las palabras y, a pesar de no profesar fe alguna, como dijo alguien yo repito: "Matar y ver morir a un miserable que hizo daño me hace creer en Dios".

Esas ideas no convencionales, dichas delante de una médica que conocía poco de literatura, menos del "arma en que pueden convertirse las palabras" y otros conceptos nada usuales, hicieron que mi hermana fuera a dar con sus huesos a una celda del departamento de siquiatría.

Cuando me lo contó, no me sorprendió. Algo como eso pasaría en cualquier momento por hablar de cosas que nadie en su sano juicio puede decir. Ella les contaba a todos sus amigotes de su estadía en la casa de locos, a pesar de que su marido le recomendaba no hablar de esa experiencia tan bochornosa que podía traerle problemas. Experiencia bochornosa que le daba cierto halo de misterio y fascinación entre sus compañeros escritores o más bien, aspirantes a escritores. Esos chiflados con los que se reunía semanalmente para compartir sus "obras maestras" la ensalzaban. Para ellos era una heroína, poseía el requisito necesario para ejercer el oficio. En vez de considerarla un estigma, una vergüenza; la locura era una gracia divina, un símbolo de creatividad propia del gremio que todos desearían tener. Sus compañeros romantizaban la desesperación y el sufrimiento de Edgar Allan Poe; las alucinaciones de Tolstoi; la caótica vida de Virginia Wolf (quien, por propia voluntad, llenó sus bolsillos con piedras y entró al río Ouse para ahogarse); los episodios sicóticos y el desesperado comportamiento causado por el desorden de personalidad narcisista y suicida de Hemingway.

Aquel día, cuenta mi hermana, llegó al hospital Elmhurst en Queens para su chequeo semestral. Los exámenes de rutina dieron resultados normales, sin embargo, como dijo sentirse un poco triste, el médico sugirió que se uniera a grupos de personas que tuvieran intereses comunes que la ayudaran a socializar, a relajarse y abandonar la rutina.

—Déjame decirte que pasó —dijo mi hermana. —Eso fue suficiente para que se me fuera la lengua y me metiera en gravísimos problemas. Sonriendo miré a la cara del doctor.

—Participo con un grupo gnóstico ya por varios meses, —respondí ingenuamente. —Ahí estudiamos doctrinas antiguas y prácticas esotéricas que nos acercan al conocimiento del yo, meditamos y ejercitamos salidas astrales. No crea que le hablo de auto sugestión sino del desdoblamiento, el poder de separar el cuerpo astral del físico.

—¿Lo has logrado? —preguntó el médico irónicamente.

—Por supuesto, —continué sin sospechar todavía del problemón que me traerían mis palabras. —Me acuesto en la cama, me relajo de tal manera que ningún músculo haga presión sobre el cuerpo astral y mentalmente pronuncio un mantra: *Om Soham* Yo soy Él. Para mí, Él es el Universo, hasta alcanzar un estado de sopor, de somnolencia. Me levanto de la cama y camino por el cuarto sintiendo que floto, que mis pies no tocan el suelo.

—¡Así que tú puedes caminar en el aire? —el doctor preguntó sarcásticamente una vez más.

—Se puede tener dominio sobre el cuerpo astral igual que se tiene sobre el cuerpo físico. Por eso Carl Jung llevó el sicoanálisis al plano que transciende a las funciones del cuerpo humano, o sea al inconsciente; parte secreta de nuestra mente que controla lo que somos.

—¿Crees en Dios? —preguntó intrigado.

—La religión es una forma de entender el mundo. Me defino panteísta igual que Spinoza y Einstein, o sea, creemos que el universo, la naturaleza y Dios son lo mismo. Dios no es un ente en particular ni una simple energía, lo divino está presente en la totalidad de las cosas.

—Ya veo, tú crees lo mismo que Einstein, entonces debes saber por qué el científico dijo: "*Dios no juega a los dados con el universo*".

—Vamos por partes. Primero, en esta cita Dios es una metáfora del cosmos. Segundo, Einstein, convencido de que mayormente el universo es previsible y medible, no aceptaba la falta de certeza establecida por la mecánica cuántica cuando dice que detrás de todo hay un mundo de pequeñitas partículas que son gobernadas por el azar. A todo esto, el médico movía la cabeza con recelo y sin entender completamente estas explicaciones preguntó a qué me dedicaba.

—Soy escritora, —respondí. —Ahora mismo acabo de terminar un cuento donde esta mujer acaricia con deleite el cuchillo con que planea matar a su amante. Lo hará durante el clímax, en el momento que el hombre se debilite y cierra los ojos. Matarlo será un tributo al placer, un acto de fe.

—Así que eres escritora, ¿dónde puedo comprar tus libros? —Inquirió el médico arrugando el entrecejo.

—Este será el primero, todavía no está publicado.

—¿Tienes hijos? —Replicó el doctor.

—Tengo dos, una niña de diecisiete y el otro de diez.

—¿No te da miedo jugar con cuchillos delante de ellos? —preguntó, dejándome sin comprender a qué venía esa pregunta sin sentido. Levantó el auricular para pedir asistencia quién sabe a quién.

—Sabes que tienes problemas siquiátricos severos, —dijo cuando entraron dos tipos vestidos de blanco que me tomaron cada uno de un brazo pidiéndome que los acompañara.

—¿Qué pasa? ¿Dónde me llevan? —Pregunté a gritos mientras los dos tipos me metían a un elevador de uso privado.

Mi hermana dice que ese episodio parecía la trama de un cuento, pero sucedió y fue quizás el más horrible y humillante de su vida. Encontrarse a la fuerza privada de su libertad, sin zapatos, despojada de sus aretes y pulseras; llevando como única prenda una bata blanca y puesta en una jaula como si fuera una bestia…, es algo que no le desea ni a su peor enemigo.

—Esa primera noche escupí la pastilla que me ofrecieron para poder descansar y por supuesto no pude pegar un ojo a causa de la angustia, la rabia y la impotencia, —confiesa indignada ante esos eventos ultrajantes. —A la mañana siguiente dos enfermeros me llevaron al cuarto de aseo general donde estaban otras dos pacientes completamente desnudas. Ahí, uno de los enfermeros hizo que me quitara la bata y con una manguera me roció con agua congelada. Según ellos el agua fría era parte de la terapia que ayudaría a relajarme y calmarme los nervios. De regreso a la celda, temblando como un pichón desplumado, me entregaron el desayuno: una papilla de arroz y trigo y un banano sin cáscara. Todos los alimentos se comían con una cuchara plástica por miedo a dejarnos en posesión de un objeto con el que pudiéramos hacernos daño o atacar a los guardias. Quiero aclarar que esas bestias que nos vigilaban no eran enfermeros, eran gorilas disfrazados con batas blancas. Varias veces durante el día, al descuido, los gorilas metieron entre los barrotes de mi jaula figuras donde se veían almas saliendo del cuerpo y un libro cuya portada mostraba ángeles con las alas desplegadas. Las miraba de reojo, fingiendo no hacerles caso porque sabía que eran una trampa, estaban tratando de desafiarme y como creían que estaba loca, me azuzaban para que gritara o entrara en crisis. Lo lograron con la jovencita que estaba próxima a mi celda, se la llevaron amarrada con una camisa de fuerza y no volví a verla. A las dos de la tarde los gorilas de turno me llevaron a un cuarto donde me esperaban una mujer y dos hombres, que más que profesionales de la salud parecían miembros de la inquisición. Me miraron como se mira a una rata a la que se arrincona para entrarle a palos; se burlaron de mis conocimientos e intereses; hicieron mofa de mi "supuesto" oficio de escritora; me hicieron preguntas idiotas de las que exigieron respuestas porque necesitaban calibrar el grado de mi dolencia. Había sido clasificada como esquizofrénica cuando recién iban a evaluarme.

—¿Sabes cómo te llamas?

—Mi nombre es Elina

—¿Entonces tu nombre no es Spinoza, no es Einstein?

—Spinoza fue un pensador sefardí holandés y Einstein un científico famoso por elaborar la teoría de relatividad.

—¿Por qué no dormiste anoche? Vimos a través de las cámaras como dabas vueltas en la cama, vimos que te levantaste y caminaste en círculos por tu cuarto sin poder descansar ¿Tienes problemas para dormir?

—¿Podrían ustedes dormir sobre un colchón de piedra, con todas las luces encendidas y la tremenda bulla que arman los gorilas con sus chistes y risotadas? —Respondí a los inquisidores con otra pregunta.

—¿Qué día es hoy?

—Miércoles 22

—¿Puedes levitar?

—El poder de la mente es poderoso.

—¿Piensas que eres un ángel y puedes flotar en el aire?

—El poder de la mente es infinito.

—¿Puedes volar?

—¿Es que no te cansas de hacerme la misma pregunta, o acaso eres retardada mental? —pregunté a la mujer que insistía con la voladera.

—¿Puedes volar? —iinsistió sin darse por vencida.

—Si tu mente es frágil no podrás despegar ni de esa silla —dije para joderla.

—¿Quién es el actual presidente? —preguntó otro de los médicos.

—Bill Clinton.

—¿Te gustan los cuchillos?
—A ustedes los médicos les gustan los bisturís.

—Responde y no hagas comentarios ¿te gustan o no?

—Si fuera cocinera o lanzadora de cuchillos probablemente me gustarían, pero soy escritora, prefiero las palabras.

—¿Oyes voces?

—No soy sorda

—¿Ves fantasmas?

—Creía que los fantasmas eran invisibles.

Terminó la estúpida entrevista y me regresaron a la celda. Luego que pusieron el candado en la puerta; supe lo que debe sentir un condenado a cadena perpetua y porqué aullaban y rugían los animales enjaulados en el zoológico. El resto de la tarde me la pasé inquieta, desesperada, con ganas de agarrar por el cuello a aquellos infelices incompetentes que por tener un título, se atrevían a atropellar y joder la vida de los demás. Esa noche acepté tomar la pastilla para dormir que me ofrecieron para poder escapar del infierno donde mis palabras y mi candidez me fueron a tirar. El día siguiente fue igual de tormentoso, el mismo baño a manguerazos; las preguntas ridículas (especialmente de aquella mujer infeliz) más libros de almas flotando fuera de sus cuerpos. Estuve a punto de gritar para que me llevaran amarrada con una camisa de fuerza como a la muchacha de la jaula siguiente; si no fuera porque el padre de mi hijo vino a visitarme y me convenció de que no hiciera estupideces que alargarían mi estadía en el siquiátrico. El tercer día fue lo mismo, un día más y creo que me enloquecería de verdad. En la tarde durante el interrogatorio estuvo presente un nuevo inquisidor. La maldita mujer lo puso al corriente de la situación presentándome como esquizofrénica, manipuladora, delirante, poseedora de tendencias asesinas y hablar de manera monótona. Antes de empezar con el mismo estúpido cuestionario, el nuevo médico, que parecía ser el director de la unidad, indicó que si yo tenía hijos menores de edad tendrían que comunicarse con el departamento de familia porque mi presencia sería peligrosa para el bienestar de los menores. Temblé al sólo pensamiento de perder a mis hijos por algo tan bizarro como la falsa apreciación de un individuo. Por eso, además de responder de manera precisa lo hice también enérgica y lógicamente. La maldita mujer fue la encargada de hacer las preguntas.

—¿Cómo te llamas?

—Elina.

—¿Puedes volar, sostenerte en el aire?

—Sabemos que hasta el momento únicamente los pájaros y los aviones pueden hacerlo.

—¿Escuchas voces?

—No soy sorda, puedo escuchar perfectamente lo que dices en este momento.

El nuevo médico dijo que era suficiente.

—Esta señora no sólo está cuerda, sino que además es ingeniosa y coherente. Un familiar puede venir a recogerla esta misma tarde, —dijo firmando los papeles que daban el caso como terminado. Al fin, libre de la pesadilla, di el nombre y número de la casa para que mi hija viniera por mí. Desde la jaula, llena de alegría, esperé que la puerta de la unidad se abriera y ver la cara de Gilly.

—Mi hija, acompañada por una enfermera, entró, me miró y volvió a salir. No podía creer lo que estaba pasando, mi hija no regresó y toda la noche me la pasé llorando sin poder dormir. Salí a las nueve de la mañana del día siguiente cuando mi marido vino por mí. Mi hija confesó que, al verme dentro de una jaula, pálida, con los pelos revueltos y los ojos angustiados, se asustó y salió corriendo. Pasaron varios meses hasta que mis hijos dejaron de tenerme miedo y dormir juntos con la puerta cerrada por dentro.

Mi hermana pidió mi ayuda para ver si como doctora lograba pedir en el hospital sus registros médicos y eliminar las páginas donde la señalaban como esquizofrénica. Ya ella lo había intentado en una cita con otro departamento donde tomó el abultado expediente y con él bajo el brazo se dirigió al baño. No tuvo éxito porque uno de los oficinistas la había visto y lo pidió de vuelta. Ese otoño se había iniciado como maestra y quedaría cesante si se descubría que había sido diagnosticada, erróneamente o no, como enajenada mental. Para suerte ese año los datos empezaron a registrarse de manera computarizada y los viejos archivos quedaron guardados en el sótano.

Hoy mi sobrina Gilly me comunicó que mi hermana había sido hospitalizada y todavía no se sabía el diagnóstico. Ojalá, pensé, que no sea alguna de sus meteduras de pata. De todas maneras, deseé que no fuera nada grave y que pudiera salir pronto de ese trance. Elina no va a morir, gente como ella, no sé, ama la vida, pero actúa como si le importara lo mismo estar aquí o más allá y para mí eso es algo que la vida respeta. La vida no soporta que le hagan el asco, que la tomen a la ligera. Pero esa es mi hermana, nada "guchi". Elina me saca de casillas, hay momentos que no puedo soportarla. Hace comentarios, dichos al azar (sin ninguna mala intención, dice ella) que duelen y destruyen. Ella sabe muy bien cómo usar las palabras más acertadas en el momento preciso; la conozco bastante bien, por eso no me engañan su arrogancia disfrazada de modestia y la desdeñosa sonrisa que no puede ocultar. Su personalidad es detestable, su nihilismo es enervante. Sin embargo, a pesar de todo, la quiero y la respeto, ¡Mi hermana es una mujer increíble!

Nos conocimos a finales del siglo pasado, en 1995, unos veinticinco años atrás cuando el chileno Skármeta puso una nota en el diario hispano invitando a personas interesadas en la literatura a formar un grupo. Nuevos poetas y narradores, dueños de ilusiones y egos inflados, nos dimos cita el sábado siguiente al sur del Bronx, en "la hoguera", uno de los salones de Hostos Community College de Nueva York, de donde muy pocos logramos escapar con vida. En las filas de los guerreros dispuestos a pasar la prueba de fuego, como decía Skármeta con un par de botellas de *Casillero del Diablo* entre las manos, se encontraban los candidatos destinados a escribir una obra grandiosa y alcanzar la gloria. Entre aquellos soñadores dispuestos a jugarse la vida si era posible, con tal de ver sus palabras plasmadas en un libro, nos encontrábamos, unos veinte o más participantes: Skármeta, Elina, D. Cortázar, J.

Balzac, H. Sábato, O. Rulfito, A. Vallejo, F. Ureña, J. Arenas, W. Paz y yo: R. Pacheco.

Las lecturas de poemas, cuentos, uno que otro fragmento de novela, y luego los juicios y sugerencias sobre los textos presentados nos llevaban a grandes discusiones y pleitos. Balzac, "Mr. No concesiones", era implacable y mala leche. Él desaprobaba todo trabajo y pedía que fueran al tacho de la basura. Sin embargo, antes de leer alguno de sus escritos, para no ser enjuiciado, anunciaba que no otorgaba permisos. De nada le servía darlos o no, tampoco le servía repetir frases del verdadero Balzac: "*Mientras más se juzgue menos amor se siente*", porque igualmente su "*Magnus opus*" iba derechito a convertirse cenizas en los fuegos del juicio. Para limar asperezas estaba *La biblioteca*, la cantina de la esquina donde acudíamos a terminar la polémica entre Coronas, Heineken y Budweiser; risotadas e improperios y una que otra trompada acompañada de su respectivo ojo morado. Muchos ofendidos por la crítica dura, brutal, a veces justa y otras ponzoñosa, de lo que cada uno consideraba su "obra maestra", fueron dándose de baja, mientras otros iban sumándose al posible trampolín de la fama para luego aterrizar de trompas en las filas de fusilamiento.

Fueron años de dudas, miedos y desafíos; también fueron años de locura y diversión. Para unos, el taller sirvió de adiestramiento. A través de lecturas y comentarios sobre la obra de los maestros, la crítica destructiva, los juicios perversos y mal intencionados, "los escogidos" adquirieron las herramientas necesarias para el oficio. Para otros, la mayoría, fue solamente un lugar donde socializar, dar vueltas y brincos por el ring sin atreverse a ponerse los guantes y dar una pelea de calidad. La cosa era más complicada que llegar los sábados con unas cuantas líneas rimbombantes (especialmente los auto nombrados poetas) que les permitiera inflar el ego y sentirse como Tarzán, al igual que el hombre de la selva chillar como un pájaro loco y darse golpes de pecho para mostrarle a la mona Chita que él también cruzaba la jungla de liana en liana.

—Compadres, deben leer Vicente Huidobro, Pablo Neruda, Nicanor Parra, —Skármeta recomendaba a sus compatriotas chilenos. —Esos poetas si sabían que la palabra era el espejo del pensamiento, el orden de la mente, del espíritu. —Emocionado, Skármeta continuaba con la perorata. —En el principio Dios dijo: "*Sea la luz; y fue la luz*", y fue la palabra el móvil de la creación, la palabra contenía el universo por nacer. Huidobro, conocedor de la palabra creó un movimiento cuya función consistía en hacer de la poesía un instrumento de la belleza y de la creación absoluta. Déjenme recitarles uno de sus versos para que vean que tengo razón:

Que el verso sea como una llave que abra mil
puertas
Una hoja cae; algo pasa volando,
cuanto miren los ojos, creado sea,
y el alma del oyente quede temblando.
Inventa mundos nuevos y cuida tu palabra;
el adjetivo, cuando no da vida, mata.

Por qué cantáis la rosa, ¡oh, Poetas!
Hacedla florecer en el poema.
Sólo para vosotros viven todas las cosas bajo
el Sol.
El poeta es un pequeño Dios.

El viejo Skármeta recitó el poema con los ojos cerrados y nadie se atrevió a hacer un comentario, dejamos que continuara hablando sin interrumpirlo.

—¿Se dan cuenta muchachos? Con sus palabras Huidobro pone a prueba nuestra capacidad para imaginar, para emocionarnos nos entrega el mundo, nos deja el camino abierto y la libertad de explorar más allá del horizonte. Mi gran amigo, mi yunta, el Pablo (Neruda), manejaba el lenguaje para hablar de la opresión, de la injusticia, de la explotación del gobierno, de las grandes empresas; pero también para provocar asco, rabia, y llamar a los lectores a la acción. —Skármeta continuó hablando al tiempo que abría los ojos. —Mi amigo el poeta Neruda creía en la ilusión de la utopía, de un mundo mejor e igualitario y se contagió de la locura de los comunistas.

Comulgó con las enseñanzas marxistas y la posibilidad de poner a la clase trabajadora en el poder, establecer la propiedad social de los medios de producción, eliminar las clases sociales y extinguir el Estado como forma de dominio de una clase sobre la otra.

Fue Cortázar el que interrumpió a Skármeta para expresar su sorpresa ante estas declaraciones y preguntarse si Neruda en algún momento estuvo consciente de la realidad. —Al ver que los camaradas dejaron de gritar consignas, abandonaron los fusiles, los explosivos y el fuego que encendían las palabras, en algún momento Pablo tuvo que darse cuenta de que ellos nunca desearon arrojarse a una hoguera y arder.

Arenas, el disidente cubano, tomó la palabra: —Es que los camaradas militantes pro-defensa de la clase obrera no estaban locos, es que nunca lo estuvieron, lo que si tuvieron fue fe en que la revolución los catapultaría hacia un trabajo de línea política de importancia, de privilegios y regalías. Uno tiene derecho a tomar lo mejor de la vida,

"Hay que sacarle provecho a lo que tanto te costó crear", dijo un famoso exguerrillero; "No siempre vas a revolcarte en el lodo, correr con los campesinos con un petate y un fusil al hombro, comer arroz como si fueras chino. Si ahora uso el uniforme verde, las botas y la barba es porque me conviene seguir siendo la figura gloriosa de la revolución. Que los imbéciles muertos de hambre sigan creyendo que la lucha por ideales pendejos va a sacarlos de la cloaca mientras yo llevo el agua a mi molino y engordo mis vacas".

Mientras Arenas desenmascaraba a los defensores de la clase obrera, los camaradas auto llamados Marxistas tragaban veneno, lo miraban con odio. Ureña, con ganas de agarrarlo por el cuello dijo: —Tú qué sabes, los verdaderos militantes somos fieles a las ideas a pesar de los hechos, inclusive al hambre, a la desgracia y a la muerte de miles.

Sin tomar en cuenta los comentarios de Arenas, tampoco a los furibundos rojos, Skármeta continuó con la perorata, —La no-poesía de los hombres mono, de los auto proclamados poetas cuyos nombres prefiero no nombrar, consiste en una sarta de palabras extravagantes y rebuscadas que cualquiera puede darse cuenta de que son tomadas del diccionario. Palabras que nadie comprende, que ellos mismos desconocen, abundan en sus versos. Para dárselas de cultos, cada una de las estrofas de estos falsos poetas son un resumen de la mitología greco-romana. Zeus, Afrodita y Hermes confunden sus pleitos y hazañas con Júpiter, Juno y Diana. ¡Pero Nicanor Parra con su anti-poesía y artefactos son otra cosa! Escuchen lo siguiente y díganme si estoy equivocado:

A los amantes de las bellas letras
hago llegar mis mejores deseos
voy a cambiar de nombre a algunas cosas.
Mi posición es esta:
el poeta no cumple su palabra si no cambia
los nombres de las cosas
¿Con qué razón el sol ha de seguir
llamándose sol?
¡Pido que se llame Micifuz
el de las botas de cuarenta leguas!
¿Mis zapatos parecen ataúdes?

sepan que desde hoy en adelante
los zapatos se llaman ataúdes
Comuníquese, anótese y publíquese
que los zapatos han cambiado de nombre:
desde hoy se llaman ataúdes.

Yo, más por joderle la vida y llevarle la contraria, defendí la poesía de Darío, lo llamé genio del modernismo, padre de la poesía vanguardista y de memoria declamé uno de sus versos:

Puso el poeta en sus versos,
todas las perlas del mar,
todo el oro de las minas,
todo el marfil oriental;
los diamantes de Golconda,
los tesoros de Bagdad,
los joyeles y preseas
de los cofres de un Nabad.
Pero como no tenía
por hacer versos ni un pan,
al acabar de escribirlos / murió de necesidad.

Skármeta entró en cólera.

—Tú, Pacheco, mexicano bohemio, güevón reconchaetumadre. ¡Cómo te atreves a decir tonterías cuando estamos hablando de Nicanor! —Skármeta me insultó. Para él no había nadie comparables que el poeta Neruda, el anti-poeta Parra y su hermana la Violeta. Para Skármeta *Gracias a la vida*, la canción compuesta, cantada por la Violeta y popularizada por la folklorista argentina Mercedes Sosa, era un himno sagrado.

Gracias a la vida que me ha dado tanto
me ha dado la risa y me ha dado el llanto
Así yo distingo dicha de quebranto
los dos materiales que forman mi canto
Y el canto de ustedes que es mi mismo canto
y el canto de todos que es mi propio canto
Gracias a la vida que me ha dado tanto.

Enternecido contaba que compartió el mismo espacio con la Violeta durante la Primera Exhibición de Arte al aire libre en Santiago. En la feria él mostraba sus primeras pinturas y ella sus óleos y bordados en yute. Luego volvió a encontrarla en La Reina, municipalidad de Santiago, donde la ayudó a montar los palos de la tienda parecida a la lona de un circo mientras se contaron anécdotas, rieron, cantaron y declamaron poesía de Neruda. Un poco más tarde, después de componer la canción, en 1967, la Violeta se quitó la vida con un tiro de pistola.

Pasaron décadas, nos hicimos viejos, y hasta la fecha Skármeta sigue contándonos sobre su encuentro con la Violeta. Continúa recontando las leyendas chilenas sobre *el Trauco*, el seductor de mujeres y *la Pincoya*, bella hembra que llevaba a los hombres al barco de la muerte.

—¡Baaah! esas historias no tienen nada de especial, son el mismo cuento del *Tintín* y *la Pelada* en Ecuador. Se utilizan esos personajes para justificar el revolcón de mujeres calientes y hacernos creer en muchachos engendrados por santas palomas, —dijo Elina la primera vez que escuchó las leyendas, echando por tierra lo sublime maravilloso de los cuentos de Skármeta.

La rabia que le produjo la majadería de Elina llevó a Skármeta a llamarla "*Cabrita*" que en chileno se traducía a "muchachita". Luego, todavía sin reponerse del trago amargo, ensayando una sonrisa dijo: —Te llamo "*Cabrita*" para no decirte "*Cabrona*".

Elina no pudo aguantarse. Eso fue suficiente para que respondiera: —¡Cabro eres tú! Estás acostumbrado a las lisonjas de tus lameculos, te enturbia el raciocinio escuchar lo que otros tenemos que decir. ¿Acaso no te has dado cuenta de que no somos perros a los que puedes hacer saltar y mover la cola cuando te da la regalada gana? Puedes llamarme "Cabrita" o "Cabrona", pero eso no va a quebrarme, tampoco va a taponarme el alma. Eso lo dejamos a los rencorosos podridos con toda la porquería que van acumulando. Ya lo dijo *Rubén Darío*, añadió Elina, poniendo énfasis al pronunciar el nombre del poeta: *Tendrás la vida para que te envenenes.*

—¡Basta! —Intervino Sábato. —Aquí ya no se puede hablar sin que se arme un relajo. Tú, Skármeta, tienes la idea de que todos debemos mimarte, escucharte, por eso abusas y haces y dices lo que te da la gana. Tú, Elina, te encanta salirte con la tuya y jodernos la vida. Debe existir una manera intermedia de ver las cosas, para eso necesitamos implantar la ley del respeto y proceder igual que con las reglas del tráfico. Luz roja, *Stop*, prohibido continuar, ceder el paso. Somos inteligentes, podemos controlar los ímpetus y tratar de dejar de lado el puñetero egoísmo.

A Elina y a Skármeta les rodaban las recomendaciones, igual seguían con el tire y jala. Elina creyéndose la mamá de Tarzán, cantaba las líneas de un tango: *La vida fue y será una porquería ya lo vé, en el quinientos diez y en el dos mil también...*, mientras Skármeta pensando que por ser el líder del grupo podía hacer y decir lo que fuera. El viejo nos tenía hasta la coronilla con las mil y una aventuras del eterno personaje Santiago, el pintor. No importaba que Skármeta vociferara e insistiera en que Santiago no era él, porque igualmente para todos los integrantes del grupo sus historias eran el recuento de sus propias vivencias de juventud. Santiago era Skármeta, Skármeta era Santiago. De nada le servía ser el de mayor edad en el grupo, dárselas de hombre de vasta experiencia, fingir una postura serena, conciliadora, porque igualmente le caía la navaja, y sus escritos iban a parar al fuego.

Lo cierto era que nadie escapaba a la crítica, a las lenguas afiladas, maldicientes y viperinas de los buenos muchachos que éramos los verdugos de "la hoguera".

Cortázar era quizás el único juicioso del grupo, su juventud no le impedía mirar alrededor y descubrir que la vida era un oficio de alto riesgo, que el hombre era un animal problemático que no se soportaba a sí mismo, menos a los demás. De las constantes discusiones que armaban los "rojos" del grupo, él entendía que el mundo era un lugar peligroso y mal distribuido, que ninguna revolución, ni la china, ni la rusa, peor la cubana, iba a cambiar el estado de cosas como lo creían Ureña, Vallejo y otros ilusos.

Arenas, cubano de Pinar del Rio, muchas veces estuvo a punto de tener un patatús al escuchar toda la basura que salía de las bocas de los auto nombrados comunistas. Temblando de indignación decía:

—Pobres guerrilleros de pacotilla atrapados en la tela de araña tejida por esas malditas aves de rapiña que fueron los camaradas Lenin, el Che Guevara, Ho Chi Minh y Mao. —A punto de darles un tortazo ya que no podía darles un balazo, les deseaba que se achicharraran en los infiernos. Por eso los encomendó a *Santa Bárbara bendita*, a *Babalú Aye* y a las *Siete Potencias*, para que les aclarara esos sesos lavados con un coctel molotov y les secara esas lenguas que hablaban de guerras y guerrillas populares sin nunca haber visto un fusil de verdad, cagado en la maleza y limpiado el trasero con las hojas del traicionero jagüey.

—¿Cómo es posible que estos mamertos se atrevan a aplaudir revoluciones que sembraron la desgracia y la muerte en los pueblos? —preguntaba halándose de los pelos. —No saben lo privilegiados que son. Mientras la gente en esos países gobernados por ratas comunistas sufre hambre, torturas, persecuciones y metrallazos, ustedes se atragantan de pizza con extra cheese, de McDonald's, con doble libra de carne, bacon, lechuga y tomate acompañados de un litro de Coca-Cola. ¡Qué no chicos! Ustedes le echan pestes al gobierno que los acoge; lo llaman país de mierda mientras desperdician energías estúpidamente y no saben qué hacer con el bienestar y las oportunidades que les brinda.

Un día, veinte años después, cuando el grupo se había disuelto, y de vez en cuando, tres o cuatro amigos nos reuníamos en el estudio de Skármeta en Canal Street, alguien preguntó por la vida de Arenas. Ya habíamos olvidado cuándo fue la última vez que lo vimos. Vallejo nos refresca la mente con uno de sus cuentos medio entreverados: "N*os fuimos a tomar un café y hablamos de otras cosas porque el cubano no podía tragar saliva ya que Fidel estaba en Nueva York (para hablar en Las Naciones Unidas), que no chico, que cómo puede ser tan descaro, aquel sátrapa, porque lo tengo atravesado* *aquí en la garganta. Y yo con la cantaleta de que no es para tanto, que después de todo esto mejorará las cosas entre los dos países, y como se le ve al tipo no parece 'mala clase' y aun así no tiene toda la culpa. Eso fue lo último que le dije a Arenas. Él se puso de pie, cogió sus cosas, salió y no lo volví a ver nunca más.*

—Eso fue a fines de los noventa cuando Castro visitó Nueva York, —dijo Elina. —Yo vi a Arenas después, en el *Gay's Parade* del Village, iba caminando de la mano de su compañero.

—No sabía que el cubano era maricón, —dijo Ureña.

—¿Cómo no vas a saberlo? ¿Es que no viste como cruzaba las piernas, como apretaba las nalgas al caminar y como le chorreaban las babas mirando las entrepiernas de Balzac y de Cortázar? —preguntó el maligno Skármeta fijando la mirada en los dos compañeros.

—Gracias a que soy feo, trompudo, pobre y mariguano, nadie se me insinúa, ni siquiera un *gay*, —dije yo haciendo como si sostuviera un cachito de yerba entre los dedos.

—Ahora comprendo su interés en invitarme a tomar unos tragos en su apartamento, —dijo Cortázar. —Ahora entiendo el porqué de sus preguntas impertinentes y fuera de lugar. Quería saber si mi novia y yo teníamos sexo oral, o si me gustaba darle por el trasero: "Esa es mi practica favorita", me confesó Arenas y yo continué, como gran pelotudo, sin darme cuenta de que el cubano estaba tratando de seducirme y ensartármelo.

Balzac, "Mr. No concesiones", continuó calladito, poniendo en práctica aquello de que en "boca cerrada no entran moscas", a pesar de que todos lo miramos en espera de un comentario. Nos hubiera gustado conocer su opinión, más aún después de aquel cuento tierno, melancólico, lleno de humanidad, que nos había leído una semana antes; en el que una tarde de verano, el joven personaje de la historia tuvo un extraño encuentro con aquel otro muchacho que nunca volvió a ver. Ahí hubiera quedado la cosa, pero Ureña continuó dándole la vuelta al asunto.

—A estos pájaros no les da miedo infectarse del SIDA y morir hechos un adefesio, así como Rock Hudson.

—¡Qué huevéa! tan guapote y machote que se veía en la pantalla junto a la Doris Day y la Gina Lollobrigida, y en la vida real era una mariposita. No sé que está pasando en este mundo, en mi tiempo no se veía a tanto dañado, hoy en día todos son maricones. Yo a mi edad sigo sintiéndome un bellaco, tengo mis hembras, muchachitas de carnes duras que por mil billullos me lo maman y me ponen a bufar como un toro, – –comentó el malicioso Skármeta poniendo de manifiesto su falta de indulgencia y sucia pedantería.

Elina lo miró con desagrado, sus ojos se detuvieron en su bragueta quizás imaginado un miembro arrugado y mustio. A pesar de la experiencia adquirida en todos los años de vida sobre el planeta, Skármeta no había aprendido a reconocer que la sexualidad no era buena ni mala, no era cosa de encasillar o definir, simplemente era una aptitud innata, la pasión más poderosa y natural, una habilidad que nació con el ser humano. El viejo Skármeta no era capaz de aceptar que él y nadie eran dueños de la verdad; tampoco sabía respetar el derecho de cada uno a expresar su individualidad libremente. Uno de los adulones cuyo nombre no merecía ser recordado, un mamífero macho con un cuerpo de rinoceronte y el cerebro poco desarrollado, que como muchos, había escapado a la ley de la selección natural y logrado sobrevivir, no se sabía cómo, saltó con aquello de, *Levítico, 18:22: "No te echarás con varón como con mujer; es abominación"*. También, *Romanos, 1:27: "y de igual modo también los hombres, dejando el uso natural de la mujer, se encendieron en su lascivia unos con otros, cometiendo hechos vergonzosos hombres con hombres, y recibiendo en sí mismos la retribución debida a su extravío.* Luego, *Corintios, 6:9…*

—Ya párale el carro —exigió el cabreado Cortázar. Elina no pudo evitar la carcajada. Ella encontraba que la moralidad y la hipocresía eran lo mismo.

—Con lo que nos ha dicho este *homo biblicus* podemos poner en claro dos cosas: uno, la homosexualidad ha existido desde que el ser humano habita este mundo. La sed por el placer carnal, esa verdad que reside en el interior de cada uno, en las células, sólo reconoce y se alivia en otra carne; otra carne desprovista de género, raza, procedencia e incluso, de especie. Pasiones propias de la naturaleza humana que el tiempo no ha podido doblegar ni domesticar. Vehemente, Elina continuó, —dos: que los libros sagrados sólo condenan al macho. Nosotras las mujeres quedamos libres para expresar plenamente nuestra sexualidad. Mala suerte que estos jueces de la antigüedad aplicaran leyes banales e inútiles sin querer reconocer que hembras y machos pertenecemos a la misma especie; en nuestros corazones, mente y carne anidan las mismas ansias del placer.

Sin hacer caso a lo que Elina decía, Sábato y Ureña pidieron saber cuándo había visto ella al cubano Arenas.

—Fue unos pocos años después del 9/11. Lo recuerdo porque Arenas y yo hablamos sobre el primer grupo de prisioneros en llegar a la bahía de Guantánamo; el campo de detención que el presidente Bush hijo estableció como parte de su programa "guerra contra el terror". Arenas, cabreado, bufando como una bestia, maldijo a Bush, lo llamó un carnicero despreciable que gozaba del aniquilamiento de los que consideraba enemigos. "¡Chica, vas a ver!", me dijo: "A esos prisioneros los despellejará, les arrancará el alma, no descansará hasta que dejen de ser humanos".

Elina nos contó la historia de Guantánamo como se la dijo Arenas: "En el 2006 el presidente Bush ordenó que catorce detenidos 'altamente peligrosos' fueran transferidos al campamento militar en Guantánamo luego de haber sido custodiados por la CIA en prisiones fuera del país. Según periodistas y grupos defensores de los derechos humanos, en esas prisiones conocidas como 'sitios negros,' los detenidos fueron interrogados bajo tortura para que confesaran ser terroristas. Este grupo incluía a Khalid Sheikh Mohammed, graduado en Ingeniería Mecánica de la North Carolina Agricultural & Technical State University en 1986, a quien se creía el leader #3 de al-Qaeda antes de ser capturado en Pakistán; Ramzi bin al-Shibh, presunto secuestrador durante los atentados del 9/11 y Abu Zubaydan, de quien se sospechaba era el enlace entre Osama bin Laden y varias células de al-Qaeda. Ninguno de los catorce 'detenidos peligrosos' tenía cargos de ningún crimen de guerra; aun así, el 11 de febrero del 2008, la Comisión del Sistema Militar los acusó de cometer los ataques terroristas del 9/11. Ese mismo año la Corte Suprema de los Estados Unidos determinó que el Acta de la Comisión Militar no era constitucional; sin embargo, los detenidos continuaron en el campamento militar sin tener cargos en su contra".

Elina nos contó que Arenas apenas podía controlar la rabia mientras hablaba de la situación política de su país. Arenas dijo despreciar tanto a los líderes de Cuba como a los del país que le servía de refugio: "Todos estos malditos eran iguales, los movía la misma codicia, el mismo egoísmo; no pensaban más que en sí mismos, en perpetuar el orden criminal para proteger sus asquerosos intereses. Por $7,000,000 US., anuales, Cuba permitía que Estados Unidos utilizara Guantánamo como base naval; campo de entrenamiento para la marina y la aviación y campo de detención para los prisioneros".

Hasta 1898 Cuba pertenecía a España. Cuba luchó por lograr su independencia y Estados Unidos se unió a la pelea para ayudar a su vecino. Al final de la guerra, España entregó a Estados Unidos el control de Cuba y otros territorios, entre ellos Puerto Rico. En la Enmienda Platt, un tratado firmado en 1903 y reafirmado en 1934, Estados Unidos reconoció la soberanía de Cuba. A cambio Cuba otorgó a Estados Unidos la completa jurisdicción y control de parte de su territorio a través de una renta perpetua que podría ser invalidada sólo de mutuo acuerdo. Cuando Fidel Castro llegó al poder en 1959, él amenazó con sacar la base Marina instalada en Guantánamo si Estados Unidos continuaba interfiriendo con la economía cubana. Sin embargo, no lo hizo porque sabía que Estados Unidos lo tomaría como pretexto para atacar y sacarlo del poder. El 22 de enero del 2009, dos días después de haberse inaugurado como presidente de los Estados Unidos, Barack Obama firmó una orden ejecutiva con el fin de cerrar el campo de detención, afirmó que la clausura tomaría lugar en menos de un año. Cinco años después, a pesar de que las relaciones con Cuba habían mejorado, el campo siguió abierto. En el presente, veinte años más tarde, cuarenta presos sin cargos de ningún crimen continúan detenidos en Guantánamo.

El joven Cortázar había desarrollado el olfato por la verdad de las cosas y sabía que eran los poderosos, los burócratas, los que controlaban el rumbo de los acontecimientos. Aquello de cambiar el mundo, convertirlo en un lugar santo, con las mismas oportunidades para todos no era cosa fácil porque la codicia y la corrupción jamás permitirían el tan deseado cambio social. Cortázar dijo:

—A través del tiempo, por medio de revueltas populares se ha logrado sacar del camino a más de un déspota. Sin embargo, otros toman el poder y la historia gira sobre sí misma. Por lo general estos hombres sufren de avaricia, poseen capacidad para planificar el mal con una vocación de matarifes. La gente, el pueblo, debe conformarse con hacer lo humanamente posible para medio comer y batirse con la desgracia impuesta.

El joven Cortázar estudiaba una maestría en letras hispánicas; creía que la literatura era un bálsamo para el ridículo y absurdo drama humano. La obra de Julio Cortázar lo traía de cabeza; llevaba una libreta pequeña donde tenía apuntadas frases encontradas en los libros del escritor. "*No es que tengamos la obligación de vivir -ya que la vida nos fue dada. La vida se vive a si misma- lo queramos o no*", leía en voz alta la cita encontrada y preguntaba, "¿Saben quién dijo estas palabras?". Todos negábamos con la cabeza, aunque sabíamos que la cita era de Julio Cortázar. Estábamos hasta la coronilla del Cronopio, excepto Elina, que arrobada miraba al joven Cortázar. Ellos se admiraban mutuamente a pesar de sus diferencias. Cortázar era un joven cauteloso, transigente, reflexivo. En cambio, Elina, con más edad, era precipitada, de ideas peligrosas y radicales.

—Así como dice el Cronopio, no tenemos la obligación de vivir, —decía la imprudente mujer. —Si lo deseamos podemos darnos un tiro en el coco y si se tratara de acabar con todos una bomba sería la solución. Una bomba de hidrógeno sería suficiente para liberar al planeta de cientos de miles de indeseables en menos de lo que canta un gallo.

Balzac mordaz, puntilloso y siempre a la ofensiva (conducta que con el tiempo lo llevaría a sufrir el síndrome de "Pedro el escamoso") saltaba para objetar.

—Sólo una loca puede decir semejante disparate. Ya una vez se utilizó un arma atómica y no creo que nadie, ningún gobierno, se atrevería a recurrir a esa crueldad, a esa insensatez, y terminar desbaratados como los japoneses. —Los compañeros pensamos que, con esa observación, le tapaba la boca a Elina, pero que va, como gallito de pelea Elina volvió al ataque.

—No jodas Balzac, aquí hablamos de seres estúpidos, egoístas, y perversos por naturaleza. Una vez que conocieron que el arma era efectiva, tarde o temprano volverán a usarla. Parece que no conocieras a tu prójimo, —Elina continuó. —Me atrevo a pensar que, en *La creación de Adán*, Miguel

Ángel pintó a Adán y a Dios señalándose el uno al otro, no para darse idílicamente la vida mutuamente, sino para culparse cada uno tratando de obligar al otro a asumir la responsabilidad de una creación fallida, demencial y podrida. Adán extiende su mano izquierda de manera desdeñosa luego de haberlo increpado: "Acepta que metiste la pata, mira el trabajo chapucero que hiciste, muy bonito todo, pero de poca calidad y perecedero. Tú dices ser omnipotente, el papacito de los dioses, pero esta porquería parece hecha en China. El otro, furioso, apoyándose en el lado femenino de su androginismo, lo contra ataca, "Fue tu maldita culpa, me atosigaste con tus demandas, querías una mujer así, asao, y cocinado, perdí la concentración y como resultado salió este mierdero de mundo". El humano lleno de rencor volvió al ataque, "Además de barato eres maquiavélico (entonces Maquiavelo estaba a siglos por nacer, pero las palabras anteceden a los hechos) nos enganchaste este aparato desaforado cuyo único propósito es el de obligarnos a cumplir tu maldita voluntad de perpetuarnos, y tú, muy campante, desapareciste del panorama dejándonos requeté jodidos". —Todos soltamos la carcajada celebrando la ocurrencia de Elina, olvidando al Cronopio y las bombas atómicas.

En 1998, abandonamos el Sur del Bronx, donde según los cuentos de Vallejo, "*era un lugar para refugiados literalmente hablando, porque en realidad lo que nos habíamos propuesto era hacer fama y echarnos a la cama, pero el camino no era fácil; por lo general nos dedicábamos a tirarnos flores como en un funeral hasta que apareció Cortázar y empezó a jodernos la vida con su tijerita literaria, 'y que hay que cortar aquí y que otro corte acá, y que esta es una cola innecesaria, y que hágale, que ahora le quedó bien bonito y que tiene un no sé qué, que ahora si lo percibo aunque no lo entiendo'...*"

"La hoguera" como Elina llamaba al taller literario, se mudó al estudio de Skármeta en 72 Canal Street, bajo Manhattan, en el quinto piso. Una de esas tardes de discusiones y "machetazos" literarios llegó un joven de origen mexicano. Rulfito usaba un vocabulario novedoso y divertido: *No manches culero, órale, chingón, chingado*... Al escucharlo, Cortázar explicó que escribir era una representación fisiológica. Así como diversos grupos de células tomaban a cargo el proceso metabólico del cuerpo, captaban el O2 y eliminaban el CO2, otro grupo estaba dedicado a coordinar, integrar y regular los pensamientos, las emociones, los anhelos y otros estados y reacciones que no sabíamos describir. La escritura de Rulfito era fiel a su lenguaje y por algún extraño artificio, sus textos eran un cedazo por el que escapaban las añoranzas por su tierra, su gente, sus antepasados, y sus dioses. Su narrativa era una auténtica representación de su identidad cultural.

Según sus cuentos, Rulfito fue amamantado con el amor ancestral del dios Azteca Centeotl y el divino alimento de tortillas, frijoles y nopales que conservaban el sabor del fuego terrenal. Rulfito confesaba sentirse feliz de estar vivo a pesar del caliz amargo que la vida se empeñaba en hacerle tragar. La muerte podría significar el "equilibrio cósmico", el regreso con los dioses y el viaje al inframundo en el interior fértil de la tierra donde surgía la vida, como creía su pueblo mexicano, pero él no. Él no aceptaba ser un resignado ni un cristo necio trepado a una cruz dispuesto a morir por nada ni nadie. Según el mito, Quetzalcóatl, el dios en forma de serpiente emplumada, bajó al inframundo y depositó su semen sobre una ruma de huesos para dar vida al hombre. "Una creencia mística y romántica", decía Rulfito, "pero yo no estoy preparado para la muerte". Él era muy joven, con sólo dieciocho años no aceptaba la muerte, la que consideraba el mayor fracaso del hombre, y como buen "hijo de la chingada" (así se llamaba a sí mismo) sin nada que perder, cuidando de no terminar tullido o cadáver como miles de mexicanos, salvadoreños, guatemaltecos y hondureños, trepó en "la Bestia" o "el tren de la muerte", corrió por el desierto, escaló muros y llegó adonde quería estar, Nueva York, para hacer una nueva vida y escribir historias.

El joven Rulfito tenía la cabeza llena de proyectos por los que estaba decidido a luchar para hacerlos realidad. Era práctico, realista; las duras experiencias vividas a temprana edad le habían enseñado que nada era fácil o gratis. Se definía como un habitante del planeta Tierra, macho, bípedo y con una mente lúcida abierta a todas las posibilidades. Uno de los integrantes casuales del grupo, biólogo en su país, insistía en que la mente era el resultado de combinaciones químicas, de estímulos eléctricos, de conexiones nerviosas. "Su funcionamiento", dictaminó el biólogo, "dependía de las condiciones geográfico-raciales y económicas del individuo. El programa informático instalado en las redes cerebrales era de muy mala hechura si no cumplía con las más optimas estipulaciones". Estos comentarios que más que teorías sonaban a vituperios fueron tomados a mal por el grupo.

—¡Déjate de huevaás! —exclamó Skármeta.

—¿Qué vainas son esas? —preguntó Ureña.

—Che, pibe, eso quiere decir que, según tú, aquí todos somos unos brutos por el simple hecho de ser hispanos, pobres, morenos y de paso inmigrantes, —dijo Sábato.

—Cabrón, lo dices por mí, —saltó Rulfito. —No te preocupes, no te escondas ni tiembles como una señorita que no voy a romperte el hocico, tampoco voy a insultar a tu madrecita. Sólo dejemos que nuestro trabajo hable por nosotros.

—¡Esto está macanudo, en el ruedo se prueban los gallos! —aplaudió Skármeta.

—No aspiro a escribir fajos, trescientas, quinientas páginas sino algo sencillo lleno de humanidad y sentimiento, –—explicó Rulfito. —¿Te imaginas escribir algo como *Pedro Páramo*, la novela de mi paisano Juan Rulfo? "*Vine a Comala porque me dijeron que acá vivía mi padre, un tal Pedro Páramo.*

Mi madre me lo dijo". ¡No mames! Una novela cortita escrita para la eternidad usando las voces dolidas de los vivos y los murmullos espectrales de los muertos de Comala.

—Eso digo yo también, —dijo Ureña, el muchacho dominicano con su voz de locutor, potente y modulada. —Escribir cuentos cortos para la eternidad como los de mi compatriota Juan Bosch: "*Don Damián entró en la inconciencia rápidamente, a compás con la fiebre que iba subiendo por encima de treinta y nueve grados. Su alma se sentía muy incómoda, casi a punto de calcinarse, razón por la cual comenzó a irse recogiendo en el corazón*". ¿Qué les pareció este pequeño párrafo, el comienzo del cuento, ¿*La bella alma de Don Damián*?

Todos permanecimos mudos, parecíamos haber caído en un estado de encantamiento bajo el influjo de su voz.

—Compadre esa voz te serviría de flauta en Hamelin para que las ratas siguieran tras de ti, —dijo Skármeta saliendo del hechizo.

—Eso de flautas y ratas déjalo para los hermanos Grimm. Mi voz y mis palabras que sirvan para cantarle al amor, a la revolución, a las victorias del partido y a los hombres de buena voluntad, —exclamó Ureña como si fuera un actor declamando las líneas aprendidas de memoria.

—¡No mames! Parece que los folletos que lees te han dejado el cerebro igual que una grabadora, estás igualito a los curas repitiendo cada domingo, cada semana, cada mes y año, las mismas palabras: *Este es mi cuerpo y esta mi sangre*, —se burló Rulfito.

Esa voz profunda y bien timbrada de Ureña, más que a un poeta en ciernes, le habría sido perfecta a los líderes y hombres en marcha que hacían una profesión del embrutecimiento de incautos soñadores usando fórmulas incendiarias. A pesar de gozar de las oportunidades que ofrecía el país capitalista que escogió para vivir; Ureña se identificaba con estos individuos panfletarios que confundían el derecho de la gente a la libertad y la felicidad con la adhesión a ideas fuera de la realidad y las posibilidades humanas. No supimos los motivos, porque Ureña nunca dijo las razones que tenía para creer que era divertido correr con las ovejitas de la revolución y no darse cuenta de lo fácil que era para los matarifes usar como carnada promesas de igualdad y dicha para todos los hombres de la Tierra.

—¿Acaso no te das cuenta de que has caído en la trampa de esos falsos profetas que luego te atarán de patas como a pollos y te descuartizarán en nombre de una revolución organizada para sus propios intereses? —preguntó N.V. Malo, un joven cubano que nos visitaba y que hablaba por experiencia propia luego de cruzar noventa millas de un mar lleno de tiburones en una *yola* destartalada para lograr escapar del infierno de la revolución.

Moscas húmedas de sangre humilde y
mermelada
moscas borrachas que zumban sobre las
tumbas populares
moscas de circo, sabias moscas entendidas en
tiranía.

Como respuesta, Ureña lanzó esos versos del *Canto General* de Neruda, culpando al capitalismo (del que él se beneficiaba y disfrutaba) de la miseria de los pueblos. Pasaron los años y Ureña continuó comiendo cuento, creyendo en muertos que bailaban en una pata, continuó creyéndose un militante en favor de la causa. ¿Qué causa? La de vivir como animales de rebaño y trabajar como bueyes para que los dirigentes vivieran como reyes. Por lo menos eso era lo que daba a entender, que era un militante. Sin embargo, sabíamos que se tumbaba en el sofá o se quedaba en la cama el día que no quería trabajar, que comía en restaurantes cuando le daba la gana e invitaba a los amigos a "darse un jumo" con *Brugal*, *Relicario* o *Matusalén Soleras*. Sabíamos que tenía un SUV del año, un apartamento y que no trabajaba para nadie; eso estaba bien.

—¿Ureña no es eso lo que desea todo el mundo? Déjate de cuento y disfruta la vida que te ofrece este "país de mierda" como tú llamas a Estados Unidos, —dijo Skármeta dándole un manotazo en la cabeza.

El peruano Vallejo era otro caso grave, así como lo era el cubano Arenas.

—¡Compadre, en este grupo todos son casos graves! ¡Las revoluciones, las guerrillas, el socialismo, el comunismo y todas esas doctrinas pendejas tienen jodidos y locos a los pendejos! ¡Por añadidura todos estos *cabros* son maricones! —Exclamó Skármeta destapando la tercera botella de *Frontera*. Vallejo hablaba muy poco, pero cuando lo hacía era para maldecir a Alberto Fujimori, Alan García y a todos los gobiernos de su país; a Mao Tse Tung, a Ho Chi Ming y a Sendero Luminoso. Según Skármeta, Vallejo había militado en el partido, lo que el peruano llamaba el único partido posible, hasta que lo usaron como cebo y tuvo que fugarse a Estados Unidos.

—Lo mismo que mis compañeros universitarios e intelectuales de mi país, yo también creí que un movimiento armado activo era necesario para luchar contra la injusticia y lograr la transformación social;

hasta que me di cuenta de que ese era un experimento peligroso y los resultados horrorosos. El uso de las tácticas de guerrilla dejaba muertos y desaparecidos todos los días; el movimiento desató enfrentamientos de los más sangrientos en la historia de mi país y pienso que de Latino América en los años ochenta.

—Ahora entiendo porque Vallejo es taciturno y receloso, —dijo Malo, el joven cubano. —Y yo creyendo que el de los problemas era yo, pero a mí hace tiempo que me despertaron y lo hicieron a palos y quiebra huesos. Camaradas, es que nadie puede cambiar el mundo, ni siquiera arreglarlo un poco. Los tiranos se encargan de tomar las riendas y que este avance a su manera, a su antojo, aplastando y arrastrando a todo el que se le pone en el camino.

Había resentimiento y coraje en las voces de los camaradas Vallejo y Malo, quienes, como Arenas, habían dejado de confiar en ideologías que los obligó a obedecer como si fueran descerebrados.

Ahora comprendían que lucharon por fines equivocados, que el verdadero objetivo debía ser el de acabar con el sistema que despreciaba y humillaba al ser humano; terminar con la peste comunista, con los hombres que los utilizaron para beneficio de sus intereses personales.

Apenada, Elina se acercó a Vallejo intentando darle un abrazo. El peruano se hizo de lado para evitarla. Elina quedó quieta, con el brazo extendido, temerosa de que al bajarlo la pena le escurriera por los dedos. Sabía que algunos compañeros la consideraban incapaz de apreciar esas cosas del espíritu que movían a los humanos a realizar actos heroicos, de comprender el dolor de sentirse decepcionados, traicionados; menos, de estar capacitada para concebir y crear una pieza literaria. Para aliviar el resentimiento, y controlando que esas partes del cuerpo que le tocaban el alma, la debilitaran y se echara a llorar delante de esos inseguros y misóginos, dijo con rabia:

—Dense por bien pagados mediocres revolucionarios de pacotilla, hipócritas, traidores. Ese afán de justicia era puro cuento, envidia de los que estaban arriba. La violencia de sus acciones no era otra cosa que rencor e impotencia. Si hubieran podido cambiar de puesto con el de un poderoso lo habrían hecho sin pensarlo dos veces y entonces les hubiera apestado codearse con los obreros y la gente del pueblo. Y claro, como no pudieron usar ningún historial de héroes y mártires como trampolín, menos alcanzar ese paraíso prometido, llegaron flechados a este país como perros con el rabo entre las patas.

Sabines, otro mexicano como Rulfito y yo, era un tipo de pocas palabras. A tirabuzones abría la boca para decir si o no. Vallejo, su mejor amigo, lo calificó de marchito y triste; quizás porque conocía que el muchacho sufría de mal de amores. Dos o tres años más tarde, Sabines regresó a México y al pasar del tiempo muy pocos lo recordaban, Vallejo lo trajo a la memoria en uno de sus cuentos: "*A Sabines se le ocurrió contarnos eso de que el amor dura solo cuatro años y no sé cuántos meses y yo tuve ganas de decirle, '¡Vete a la chingada con eso a otra parte!' Pero el muy mustio nos embolató con sus explicaciones químicas y quiméricas*". Elina nunca tuvo la posibilidad de conversar con él porque Sabines nunca le dio la oportunidad de hacerlo. Mucho menos tuvo deseos de hablarle cuando escuchó decirle a Vallejo, refiriéndose a ella, que esa vieja, como toda mujer, no mostraba tener ningún talento, escribía cualquier bobada para salir del paso y que si se había colado en el grupo era para conseguir macho.

Tiempo después, cuando el grupo se había desintegrado y sólo nos reuníamos Elina, Skármeta, Balzac y yo, ella nos confesó la razón de su comportamiento errático. En ciertos momentos Elina se mostraba apagada, otros, altanera, la mayoría de las veces sarcástica y agresiva. Cuando se unió al espacio de escritores ella venía dejando atrás momentos difíciles; una relación rota, la pérdida de su negocio y su casa; sus hijos sufriendo su inestabilidad emocional y financiera. Ella se encontraba vulnerable;

cosas tan simples como ver volar un pájaro o una hoja cayendo de un árbol la ponían de muerte, decía: "Por eso terminaba llorando cuando leía mis escritos, las emociones y el sentimiento de fracaso me estrangulaban. Estaba caída, me sentía triturada por los dientes del infortunio, igual que aquel hijo devorado por Saturno en la pintura de Goya. No quería la compasión de ninguno y, sin embargo, no podía controlarme y ofrecía ese espectáculo ridículo dándole a los demás el placer de verme derrotada, llorando". El tiempo nos tapó la boca, como dijo Balzac en defensa de Elina: "Ella no estaba en el grupo para conseguir marido, más bien estaba con nosotros después de haber sacado a un hombre de su vida, un hombre que había dejado de querer; veía en nosotros, no machos, sino una ganga de locos soñadores con quien ella podía empezar a vivir sus propios sueños".

Sin imaginar que en el futuro tendríamos que elogiar el trabajo de Elina, nos burlábamos de ella. Hacíamos mofa cuando ella hablaba sobre los métodos del pensamiento, los matices del espíritu y las pasiones humanas. ¡Cómo si ella tuviera capacidad para la reflexión o poseyera el don del razonamiento filosófico! A la fuerza o porque eran las reglas del grupo, no nos quedaba de otra que escuchar sus elucubraciones que pretendían ser grandiosas.

—Todos los días uno hace lo mismo: se levanta en la mañana, va al baño, orina, se lava los dientes, se ducha, desayuna, va al trabajo, regresa a casa a realizar las mismas tareas de siempre. Sin embargo, llega un día que es diferente, ese día uno se da cuenta de que está vivo y se pregunta por qué está vivo, qué significa la vida, cuál es el motivo de la existencia. Por primera vez uno se percata de que estar vivo significa que un día va a morir, que no hay una salida, y entra en pánico. Ese es el drama humano ante el cual lo único que yo encuentro para no volverse loco o suicidarse es *no pensar*. ¡No pensar! Tratar de ser feliz superando las dificultades como mejor se pueda, aunque la sombra de lo inevitable lo persiga a cada paso.

—Déjenla que diga sus hueváas, no le hagan caso, —aconsejaba Skármeta. —Es peor cuando se cree que es Einstein y nos atosiga con conceptos que ella piensa que puede manejar. Como si la relatividad, la mecánica cuántica o los agujeros negros fueran lo mismo que cambiarse los calzones. Todo porque hizo estudios de Ingeniería, cosa que muy poco utilizó porque sencillamente equivocó el camino. La pobre "cabrita" ni siquiera sabe distinguir un clavo de un tornillo.

A Cortázar lo apasionaba ese laberinto de cosas complicadas.

—Estamos aquí, somos parte de este mundo disparatado, ya que no lo entendemos, hablemos de él a ver si desenredamos la madeja. —Según su propio bestiario, Cortázar escribía historias nacidas de sus lecturas cortazarianas que supuestamente, no tocaban ninguna faceta enigmática de "lo cotidiano", para no caer en la metafísica. Pero igual que su escritor favorito, andaba en busca del profundo sentido de la realidad. —Quiero entender cómo es eso de que una partícula atómica no tiene una posición o una velocidad determinada sino muchas simultáneamente.

—¡Vamos Elina, tú que te crees sabértelas todas cómo sales de esta! —Saltó Vallejo en tono burlón.

Ella, disfrutando el momento, respondió:

—La materia es dinámica y no por completo predecible. Ahí reside el principio de la incertidumbre. Por ejemplo, el vuelo de una mosca. La perseguimos para matarla, a veces creemos que es mágica porque desaparece de nuestro campo visual, pero la mosca sigue volando en el cuarto; sin embargo, no conseguimos controlar todas sus posiciones debido a su velocidad. Sólo podremos ubicar su posición en el momento que vuelva a detenerse en un lugar.

Vallejo fue a la ventana, a mirar a la calle desde el quinto piso donde estaba el estudio de Skármeta; quizá para no aceptar esa ni ninguna respuesta de la ecuatoriana pedante. Afuera, en la calle Canal, el barrio chino en Manhattan, se reunían cada sábado. Cientos de personas caminaban en todas las direcciones, cercadas por restaurantes con patos asados colgando en las vidrieras, tiendas de baratijas para los turistas de todo el mundo. Enojado se dijo: "El principio de la incertidumbre, la materia es dinámica, todo está en constante movimiento…"

Para su desgracia, Cortázar seguía dándole cuerda a Elina y ella complacida seguía con la perorata, le encantaba ser el centro de atención; repetidas veces recurría a las lágrimas para conseguirlo. En el grupo se reunían un par de mujeres, hembras como Dios mandaba; mujeres agradables, atractivas, sin tanto cuento, sin esas ínfulas de sabelotodo. Vallejo no soportaba a Elina al punto de poner en duda de que ella realmente fuera hembra. No se la imaginaba embellacando a un hombre, provocándole una erección, menos aun chillando y cogiendo con nadie. ¿Cómo y cuándo engendró esos dos hijos que decía tener? ¿Qué clase de hombre pudo interesarse por una mujer que no inspiraba un solo pensamiento sexual? Repodrido escuchaba la voz de Cortázar insistiendo:

—No sé ustedes compañeros, pero yo siempre he estado intrigado por conocer cosas que son difíciles de entender. Por ejemplo, escuché en un documental que hay orden en el caos y la anarquía; que este fenómeno puede verse en diferentes situaciones y sistemas, incluido el universo.

—Permíteme ofrecerte unos ejemplos para poder entender esa paradoja, —saltó Elina. Al escucharla, Vallejo pensó retirarse antes de que empezaran las lecturas porque estaba a punto de vomitar. —En física, ese estado caótico se conoce como entropía. Ahora veamos cómo funciona este concepto contradictorio: el desorden trae orden. Imaginemos que agitamos naranjas en un cesto, es decir que las desordenamos. Sabemos que esta acción es un ejemplo de caos, sin embargo, podemos ver que las naranjas caen, espontáneamente, en cierto orden.

—¿Si la entropía es el desorden cómo podemos hablar de equilibrio? —socarronamente preguntó Balzac, disfrutando poner a Elina en aprietos.

—Se los voy a explicar de una forma sencilla que hasta un tullido mental podría entenderlo, —dijo Elina esbozando una sonrisa de burla. —Si en una taza se mezclan café, leche y azúcar, se logra un estado caótico que, empero, mantiene el equilibrio de los tres elementos en una sola sustancia, proceso que además es irreversible porque los tres elementos no se podrán volver a separar.

Al escuchar estas últimas palabras Vallejo se tocó la frente creyendo que tenía fiebre. Lo molestaba grandemente la petulancia de Elina y más aún, ver cómo Cortázar y Rulfito celebraran todo lo que saliera de la boca de esta mujer insufrible. El tiempo pasó y muchos, además de Vallejo y Balzac, se sorprendieron cuando aparecieron publicaciones como *Más allá del Infinito*, *Orden y Caos*, *Otro Espacio*. No podían creer que Elina se atreviera a usar estos conceptos para crear historias y tuviera la habilidad para hacerlo. Muy a nuestro pesar tuvimos que aceptar que lo hacía muy bien. Cuando *Sueño Prohibido* obtuvo premio de cuento en España, como si fuera un cumplido, Balzac sarcásticamente le dijo que era una "fracasada exitosa". El oxímoron le cayó como un dardo envenenado en el pecho, pero conocedora de la personalidad ácida de "Mr. No concesiones", fingió una sonrisa. No era que Elina fuera dotada para poner sus emociones en el papel o que tuviera el don para escudriñar en la mente o corazón de la gente y transformar sus pasiones y anhelos en cuentos y novelas. Nada de eso, lo que pasaba era que Elina era maliciosa, manipuladora y utilizaba el arte de la palabra para criticar y condenar a la sociedad, mostrar el lado oscuro de la gente, despellejar a medio mundo, y desquitarse de aquellos que la hicieron tragar veneno con sus mal intencionadas palabras y acciones. Sus personajes disfrutaban con la muerte, mataban por venganza y jamás estaban dispuestos a perdonar, ni siquiera a aquellos que yacían bajo tierra.

Elina creía en las teorías conspirativas. Nadie le quitaba de la cabeza que existía una organización formada por individuos que controlaban la riqueza, monopolizaban las fuentes de producción, manipulaban los programas comerciales, los bancos, las operaciones económicas globales, comandaban los servicios de inteligencia, incluso regulaban la tasa de natalidad requerida para cada época. El mundo entero respondía a sus demandas, los gobiernos del planeta les temían, a pesar de que nadie los conocía. Podían ser los Rothschild, los Rockefeller, los Morgan o los Bush, eso nadie podía afirmarlo con exactitud. Lo que sí se sabía era lo que Nathan Rothschild declaró un día: *No me importa qué marioneta ocupa el trono británico para regir el imperio donde nunca se pone el sol. El hombre que controla los recursos monetarios de Inglaterra controla el imperio británico, y yo controlo esos recursos.*

—Lo tuyo es cosa de locos, puras hueváas. No entiendo cómo te atreves a decir esto y lo otro sin miedo a que un día alguien te vuele los dientes con una trompáa, —decía Skármeta con ganas de mandarla a la mierda y todos echábamos la carcajada. Sin sentirse amedrantada ni cohibida Elina continuaba.

—Ustedes se ríen porque no saben el alcance de las mentes maquiavélicas de estos individuos. Estos monstruos descubrieron que las guerras eran rentables, por eso invierten fortunas en ellas. Si investigan un poco, sabrán que el senador y banquero Prescott Bush fue sospechoso de beneficiarse de la Segunda Guerra Mundial estableciendo grandes negocios con las compañías que financiaban el gobierno de Hitler. Chicos, ustedes son unos ingenuos, usan sus telefonitos cagones, esos inalámbricos que están de moda (todavía no se usaban los teléfonos digitales, tampoco los aparatos de navegación o GPS) sin saber que reciben las señales desde la estación espacial, que no es otra cosa que un centro de vigilancia. Y eso no es broma ni cuento, como tampoco es cuento el programa cibernético donde muy pronto será posible introducir toda la información sobre una persona para luego predecir lo que hará en el futuro. Van a ver, luego lo instalarán en los satélites colocados en el espacio con todos los datos necesarios para acechar y manipular la actividad humana, así como el Estado político mundial.

—Ahora Elina nos dirá que los gringos nunca llegaron a la Luna o que Cristóbal Colón y su tripulación eran judíos, —dijo Balzac, esbozando una de sus famosas muecas sardónicas. Rulfito por su parte aplaudía entusiasmado, animándola a que contara otro de esos cuentos que por no ser defendidos por un experto o un investigador, pasaban a ser meras suposiciones y sin embargo, por ejemplo, se tomaban como ciertos los cuentos bíblicos, creencias que no podían ser verificadas de manera experimental.

—Por supuesto que los gringos llegaron a la Luna, ¿Balzac, no lo crees? Recuerda que al terminar la guerra más de mil científicos alemanes fueron traídos a los Estados unidos. Uno de esos científicos fue Wernher von Braun "padre del programa lunar americano". Él fue el ingeniero en jefe del Saturno V, el vehículo de lanzamiento de carga pesada que propulsó la nave espacial Apolo a la Luna. No me digas que piensas que las pirámides fueron obra de los extraterrestres. ¡El ingenio humano hace posible lo inimaginable! Y sí, exactamente, Colón y su tripulación eran judíos; Sefardíes "conversos", como se conocía a los judíos españoles que, un siglo anterior a la conquista, se convirtieron al cristianismo para escapar de la muerte. "Conversión o muerte", rezaba el anuncio colocado en las plazas de la península Ibérica de la época, —dijo Elina. Estaba segura porque recién lo había leído en un libro o lo había escuchado en algún programa televisivo de esos que titulaban *La verdad está frente a sus ojos.* —Probablemente estos datos se ocultaron por racismo, discriminación o como se dice ahora, por antisemitismo, cuando los árabes son tan semitas como los judíos. No se quiso reconocer a los judíos como los primeros en llegar a las Américas, dar crédito a aquellos que eran considerados los herederos de los asesinos de Cristo. Quizás los historiadores de la época también eran judíos y temían que la Inquisición los persiguiera hasta el Nuevo Mundo.

—Si estuviéramos en la época de la Inquisición, seguramente terminarías achicharrada en la hoguera por hablar tanta hueváa, —dijo Skármeta rencoroso porque no soportaba que alguien le quitara el protagonismo.

Sin prestar atención Elina continuó.

—En 1492, los reyes católicos Isabel y Fernando buscando suavizar las tensiones de índole política, social, económica y religiosa provocadas por los odios y resentimientos que despertaron el poder y las influencias de los judíos; firmaron un edicto ordenando la expulsión de los hebreos de sus territorios. Los reyes estaban convencidos de que los tribunales de la Inquisición, creados años antes, acusarían y castigarían a los judíos que para salvarse se habían convertido al cristianismo. La mayoría de los sefardíes, como se llamaba a los judíos de la península Ibérica, eligió marcharse, abandonar bienes y perder dinero, no sólo tratando de escapar de la amenazada vida en España, sino también en busca de nuevos horizontes para poder continuar fieles a sus creencias y tradiciones.

Según las historietas de Elina, su abuela materna Petrarca "Petita" Torres, entre los chupetazos que le daba a su cigarro maloliente, contaba que la tripulación esperaba llegar a tierras donde hablaran hebreo; por eso durante el primer viaje de Colón trajeron a Luis Torres como traductor. Su antepasado no fue este Luis Torres que murió junto a los treinta y ocho otros hombres que el almirante dejó en la isla llamada La Española, sino Antonio Torres. Antonio era un sefardita oriundo de Extremadura que en el 1493 embarcó al Nuevo Mundo durante el segundo viaje comandado por Colón. Según contaba Elina, no era verdad el cuento que decían en la escuela y que todos aceptaban sin cuestionar.

La reina Isabel no ofreció ningunas joyas para recaudar fondos para el viaje a Indias como contaba la leyenda, tampoco podía darse el lujo de ofrecer dinero porque el tesoro real fue agotado durante la guerra contra los moros.

—Fueron los judíos importantes y ricos como Gabriel Sánchez, tesorero del reino de Aragón, y Luis de Santángel, escribano del mismo reino, los que pagaron por el proyecto y ofrecieron los tres barcos para el viaje convencidos de que encontrarían en "la otra tierra" a las diez tribus hebreas perdidas como decían las profecías de Isaías: *Porque he aquí que voy a crear unos cielos y una tierra nuevos.* Cristóbal Colón y no Cristoforo Colombo era el nombre del almirante. La historia lo presentaba como "genovés" para confundir al mundo y no llamarlo "Marrano", que en esos tiempos era otro de los apodos dados a los sefardíes. Y para continuar con la farsa y ocultar su origen hebreo, peligroso y sospechoso en aquella época, se dijo que era castellano, italiano, portugués e incluso griego. Sin embargo, notas, actas y cartas del almirante estaban escritas en Castellano y no en Italiano, la que suponían era su lengua materna. Llama la atención que en su correspondencia no usara la palabra Jesús y sí hablara del Señor y citara nombres bíblicos como Israel, David, Judá, lo cual mostraba su conocimiento del el Antiguo Testamento. Las cartas dirigidas a su hijo Diego son quizás la más clara confirmación de su origen. En ellas, en la parte superior izquierda, aparecen caracteres hebreos. También, en el margen de una página casual en uno de sus libros, a pesar de que el año era 1481, el altamirante escribió 5241, la fecha del calendario judío.

Cuando Elina terminó su historia todos estábamos impresionados mirándonos los unos a los otros. Lo que acababa de narrar sonaba convincente y lógico, a pesar de que sabíamos que no se podía confiar en cuentos apócrifos y tampoco en teorías conspirativas. Estábamos convencidos de que aquel que rompiera las reglas del manual histórico y que no supiera distinguir entre lo que se debía y no se debía decir, estaba loco. Por eso ninguno se sorprendió cuando en 1998 nos enteramos que Elina estuvo recluída por tres días en el manicomio.

—¡Se le pelaron los cables! —exclamó Vallejo.

—¡Qué cables ni que hueváas, la "cabra" siempre estuvo loca! Me imagino que salió con una de sus historias cabronas y se la llevaron los loqueros, —dijo Skármeta.

—Umm, debieron dejarla encerrada unos cuantos meses para que esa necia aprendiera la lección y no siguiera jodiendo, —añadió Balzac. Rulfito, al conocer de los momentos difíciles por los que atravesaba su amiga, dijo exaltado:

—Ahora podemos decir que Elina posee un don divino. —Ella no está loca, sólo es un poco chiflada y totalmente impía. Elina nos ha demostrado que tiene las agallas para hacer y decir lo que le viene en gana sin importarle terminar en el psiquiátrico. Compañeros, sentimos envidia, no podemos negarlo. Ya quisiéramos todos nosotros ser comparados con locos maravillosos como Edgar Allan Poe, Virginia Woolf, o el alucinado Tolstoi.

Lo que más celebramos de la horrible experiencia de Elina fueron aquellos comentarios que hizo sobre Dios, los cuales contribuyeron a que se metiera en graves problemas. "No me preocupa la existencia divina sino la ausencia de evidencias. No me importa saber si Dios existe o no, lo que me interesa es saber cómo y de dónde salió. Algo tuvo que causar su existencia".

Elina nos contó que el médico dijo que Dios era necesario y eterno, no requería una causa externa para ser—la causa era él mismo; a lo que ella respondió, "Podemos decir lo mismo del universo. Para qué pensar en Dios si podemos suponer que el universo es necesario y eterno y se causó a sí mismo". Como si no fuera suficiente, Elina comentó que la teoría cuántica había demostrado que no todo obedecía las leyes de la física, había procesos aleatorios imposibles de predecir, que seguían las reglas de la ruleta, "Dios si juega a los dados", dijo ella burlándose de Einstein y continuó, "El factor cuántico mostró que la conciencia juega un papel esencial en la realidad física; el mundo atómico sólo se materializa cuando un observador es consciente de él".

"Eso es una tontería", dijo el médico, "el mundo existe si lo observamos o no".

"¿Está usted seguro? Quizás estamos dentro del universo que nuestra mente percibe como realidad. En otro mundo usted puede ser el paciente"; Elina dijo esto y lo otro, y para su sorpresa vió al doctor levantar el auricular y pedir asistencia. Tarde, Elina descubrió que ya no podía retroceder. Había dicho cosas indebidas frente a una persona insensible e ignorante de ideas esenciales para ella. En cosa de minutos estuvo dentro de una jaula, cubierta únicamente por una bata blanca, sin sus ocho aretes y mil pulseras que siempre la acompañaban.

Elina podía estar encerrada en una jaula por repetir necedades, sin embargo, eso parecía no importarle porque no escarmentaba. Para ella era necesario cuestionar toda verdad impuesta. Escéptica, argumentaba que los atroces atentados terroristas en septiembre 11 del 2001 no fueron perpetrados por hombres entrenados en suelo estadounidense.

—Los grupos musulmanes extremistas Al-Qaeda, el movimiento islámico talibán y Osama bin Laden posiblemente nada tuvieron que ver con la caída de las torres del World Trade Center, ––dijo Elina.

—Esa es otra de las huevaás que repites. Esa es otra de las confabulaciones mezquinas y perversas que sólo los locos como tú pueden creer. Desde mi ventana, aquí en Canal Street, vi los aviones de los terroristas estrellarse contra las torres, —Skármeta la contradecía enojado.

—¿Y qué? Que vieras los aviones no significaba que los musulmanes fueran los responsables. ¡Cualquiera pudo pilotear los aviones! ¿Dónde están los cuerpos para probarlo?

Apoyando la teoría defendida por su admirada amiga, Rulfito intervino:

—Pongámonos a pensar razonablemente. El tanque de combustible de los aviones no pudo producir el calor necesario para derretir las estructuras de acero de tremendos edificios.

—Eso es correcto, —insistió Elina envalentonada por el apoyo de su compañero. —El choque de los aviones fue sólo parte del teatro para encubrir la demolición controlada y tener razones suficientes para iniciar la guerra en el golfo; o quizás, con la caída de las torres poder destruir evidencia que no sabían cómo eliminar.

Skármeta, haciendo pucheros como si fuera un niño grande y tonto dijo, —Ahora quieres inventar otra huevàa. Yo, como miles de ciudadanos conscientes apoyé la decisión del gobierno de declarar la invasión de Afganistán y luego a Irak. Teníamos la obligación moral para castigar a los verdaderos culpables. Esa es la verdad, no hay otra, —Skármenta, con voz triunfal, dio por terminada la discusión.

Elina lo miró con rencor, desafiándolo con la mirada, parecía una culebra que se yergue sobre una roca lista para atacar, pero se calmó y decidió no continuar con la disputa, incluso sintió piedad por ese viejo miedoso.

—Por favor dejen de hablar de los ataques, —pidió el cubano N. Malo. —Ese día horrible yo debería haber muerto, como el resto de mis compañeros de trabajo, la mayoría inmigrantes como yo. Yo trabajaba en *Windows on the World*, el restaurante en el piso 106 de la torre norte; ese septiembre 11 estaba borracho y no fui a trabajar; me siento culpable, escapé de la muerte mientras tanta gente murió.

La cosa no quedó ahí porque Vallejo, con voz lastimera anunció:

—Recuerden que soy una de las víctimas del atentado terrorista. Este tumor que hace poco me extirparon de la cabeza fue el resultado de los productos tóxicos a los que estuve expuesto aquella fatídica mañana. Ese septiembre 11 estuve presente en el desastre y les juro que justo antes de que las torres colapsaran, igual que cientos de personas, escuché el estrépito de una bomba que estalló. Ese fue un trabajo de auto destrucción.

Alterado, su mejor amigo el mexicano Sabines, lo mandó a callar, no fuera a ser que esas declaraciones salieran de aquellas paredes y Vallejo se metiera en problemas. Alguna vez Vallejo había sido acusado de haber participado en los enfrentamientos contra el gobierno de Alberto Fujimori, como miembro de Sendero Luminoso; el grupo peruano guerrillero comunista que seguía las líneas del Marxismo-Leninismo y el Maoísmo. Vallejo, sin darse cuenta del eminente lío en que podía meterse, un día nos dijo:

Se supone que nunca estuve de acuerdo con Alberto.
¿Quién es Alberto? preguntamos todos. Quién más iba a ser que ese hijueputa que nos gobierna, que los gobierna quiero decir, porque yo me bajé de ese coche hace tiempo y los dejé a todos tirando cintura y me vine para acá. Porque Nueva York es Nueva York, aquí asumí la condición de refugiado mental...

Para terminar con esas declaraciones espinosas, Sábato con voz de tango arrabalero dijo:

—Vamos a lo que vinimos, a otra cosa mariposa, vamos a leer.

Siendo un adolescente, H. Sábato había llegado de las pampas, Corrientes 348 o de la Esquina Rosada. El joven estaba dispuesto, si era posible, a cruzar en burro del Bronx hasta Manhattan con tal de que sus versos fueran escuchados de aquí a la Patagonia, en el mismito fin del mundo. No volvimos a verlo por unos cuantos años y cuando lo encontramos nos dimos cuenta de que el tiempo con sus vueltas y revuelcos había logrado que el muchacho, ahora un hombre maduro, añadiera las reglas del misticismo a su repertorio de palabras bellas. El poeta en vías a convertirse en anacoreta dijo: "Yo no quiero seguir esperando sin saber qué esperar. Todos nosotros hemos sido parte de una generación obscura sin la intención de conocer los misterios de la vida. El horizonte no es el fin del camino, detrás de esa línea hay otros horizontes. Quiero ayudarlos a encontrar ese camino de liberación donde el sufrimiento y las insatisfacciones pueden terminar con el abandono de los deseos".

Todos los que en ese momento participábamos en el grupo nos miramos sorprendidos, preguntándonos si acaso Sábato había enfermado y estaba buscando irse de este mundo en paz con la vida. Ya aquel poema escrito en la juventud, que tanto le celebrábamos, predecía esa inconformidad con el mundo que nos rodeaba:

Hoy necesito cambiar el curso de los
acontecimientos
y entre otras cosas subirle la guardia al
canario,
olvidar el saco de palabras en mi espalda,
partir hacia la Luna en busca de alimentos,
viajar en burro del Bronx hasta
Manhattan…

—Qué este huevón se vaya al otro mundo pero que a nosotros no nos joda con esas hueváas, —dijo Skármeta.

—Mayimbe, Che querido, equivocaste el camino, puedes irte por donde viniste porque aquí no queremos que nos arregles la vida, ni consuelos, ni vainas, —dijo el poeta Ureña.

—Yo me bajo de esa patineta, eso de los misterios del reino divino se lo dejo a los iluminados. Yo ya pasé por esa etapa de búsqueda y misticismo. Ahora mismo estoy orgullosa de mi humanidad, atada a la materia, disfrutando a conciencia la alegría y pesares de cada día, luchando a brazo partido por continuar en esta maravillosa mierda que es la vida, —añadió Elina.

—¿A ti qué te parece toda esta hueváa? —preguntó Skármeta dirigiéndose a Balzac, que como siempre, para no comprometerse, se resguardaba tras aquello de "en boca cerrada no entran moscas". Todos lo aguijoneamos porque nos daba bronca su dizque prudencia. Sin poder encontrar escapatoria dijo:

—A mi la meditación y el yoga me relajan. Igual que a ustedes me gustaría saber a qué vine a este mundo, pero luego la lucha por la sobrevivencia me hace olvidar qué es lo que buscaba. Como dijo Honoré Balzac: *Toda la felicidad depende del coraje y el trabajo. He tenido muchos períodos de miseria, pero con energía y sobre todo con ilusiones, los superé a todos.* Lo cual traduzco como la felicidad encontrada en los buenos propósitos, en el diario vivir, en la fuerza y la tenacidad para vencer.

—Dicho de otra manera, dijo Elina interrumpiendo a Balzac, —el que viva de ilusiones o piense que puede abandonar la pelea por la vida a través de la meditación en vez de agarrar al toro por los cuernos que lo haga. Aunque debe saber que se está mintiendo porque eso es imposible, la única manera que existe para escapar de uno mismo es colgándose del cuello y así quedar quieto para siempre.

—Ya, dejemos que el compañero Sábato se crea Buda y pretenda llevarnos al nirvana o como sea que se llame ese estado místico, —intervino Ureña.

—Me parece que debemos respetar sus ideas, los que crean y sientan como él que lo sigan, —dijo Balzac sorprendiéndonos.

—No sabemos los motivos de su transformación y búsqueda. Probablemente sus escritos lo amargaron, descubrió que esos mundos que inventamos en los libros se parecían demasiado al cochino que es el verdadero, y buscó otra salida. Probablemente eso le pasó a Sábato, dijo Elina. —Su responsabilidad como escritor lo obligaba a mostrar la realidad. A pesar de que con la palabra disfrazamos, transformamos y hasta embellecemos lo más terrible, no podemos esconder la verdadera esencia de las cosas. Eso sería lo mismo que intentar tapar con perfumes un trozo de mierda; la vida es lo que es, nos revuelca en su cochinada y su miseria. Los humanos somos iguales que esas ratas que corretean sobre los rieles de los trenes subterráneos.

Vallejo esperó que Elina dejara de hablar para decir: —A veces uno siente deseos de escapar, de darle sentido a la vida; uno se resiste a ser otro animal cualquiera, un animal que come y junta gregariamente porque las leyes de la naturaleza lo exigen; un miserable animal que un día recibe la muerte sin saber que ha llegado a su final.

—Eso es comprensible, —continuó Elina. —Como dice Camus: *Cualquier hombre, a la vuelta de la esquina, puede experimentar la sensación del absurdo, porque todo es absurdo.* Sábato se encontró en ese trance y para no volarse los sesos buscó alivio en ese otro mundo prometido por algún místico.

Mirando hacia lo alto dije una de mis famosas frases: "Cayó la gota, murió la hormiga".

Aplaudiendo mi intervención Elina continuó.

—¡Qué pena tener la vida y gastarla en meditaciones, oraciones y pendejadas! Eso no va conmigo, según tengo entendido el cáliz amargo, la cruz y los mugidos de chivo herido ya los sufrió un Cristo para heredarnos una vida más llevadera, más propia para…

—Shhh, —siseó Skármeta para que termináramos de dar lata. —Ya, dejemos esta huevāa y nos largamos con la música a otra parte.

Con el paso del tiempo varios de los miembros asiduos del grupo se alejaron por diferentes motivos. Sabines regresó a México; Cortázar obtuvo trabajo como profesor de lenguas en una universidad en otro estado; Sábato formó su propio grupo. Los restantes seguimos reuniéndonos esporádicamente. No así Elina, Skármeta y Balzac que se encontraban regularmente en uno de los apartamentos del chileno en las cercanías del Central Park West. Los tres eran masoquistas redomados porque bien sabían que podían hacerse daño con las palabras, especialmente si se tomaban más de dos copas. A pesar de los encontronazos y corajinas que sufrían a causa de sus personalidades difíciles y apasionadas; los tres cultivaban una amistad estrecha, inclusive viajaban juntos a otros países.

De repente, Balzac empezó a sufrir ataques de ansiedad acompañados de estados febriles y maniáticos, probablemente el resultado de la crisis política y el colapso económico en su país.

Según estimados realizados por la Organización de la Naciones Unidas; durante los últimos años más de dos millones de venezolanos cruzaron la frontera con Colombia, huyendo de la peor crisis económica de la historia reciente del país con la mayor inflación del mundo; con problemas de desabastecimiento de alimentos, medicinas y productos básicos. Los expertos indicaron que el problema se originó con la crisis de la deuda externa y la prolongada inestabilidad económica en los años de 1980. Fue debido a la caída mundial de los precios del petróleo que la inflación se disparó en 1996 y las tasas de pobreza aumentaron.

En 1998, Hugo Chávez fue elegido presidente. De tendencia socialista, anti-imperialista, e influenciado por la teoría de la distribución equitativa de la riqueza; Chávez inició la llamada "Revolución Bolivariana". Este movimiento, creado con la intención de ayudar al pueblo y de apoyar a los países carentes del recurso petrolero, aumentó el gasto público e incrementó la deuda externa de manera descontrolada. Años más tarde, la reducción de los ingresos, el aumento de las importaciones, la baja de la producción nacional, la corrupción y el exceso de gasto público, se citaron como factores que llevaron al país a la hiper inflación; depresión económica, escasez de productos básicos, aumento drástico del desempleo, la pobreza, la mal nutrición, las enfermedades, la mortalidad infantil, y el crimen.

En las elecciones presidenciales en el 2006, Chávez fue reelecto. Él anunció que impulsaría sus proyectos políticos a través de reformas a la constitución, incluyendo el control de las fuerzas armadas, nuevas regulaciones económicas y la reelección presidencial indefinida. Chávez fue reelegido para un tercer mandato consecutivo en el 2012, pero murió en marzo del 2013 por complicaciones del cáncer del colón. El 14 de abril se realizaron nuevas elecciones en las que el vicepresidente Nicolás Maduro fue elegido, dándole continuidad a la llamada

"Revolución Bolivariana". Los resultados de la elección presidencial desencadenaron en ese año una serie de manifestaciones asociadas a la crisis económica, el aumento de los índices de criminalidad a nivel nacional y denuncias de corrupción en organismos públicos. Un día, los venezolanos desesperados ante la grave crisis, dieron inicio al éxodo masivo.

Saber que la nación venezolana había gozado de la bonanza gracias a poseer las reservas petroleras más grandes del mundo; pero ahora su gente deambulaba por las carreteras de los países vecinos en busca de refugio y comida, provocó el desbalance emocional de la ya afectada psiquis de Balzac. Nosotros temíamos que sufriera una crisis mientras enseñaba una de sus clases y fuera obligado a renunciar, peor aún, ser expulsado de la universidad. Preocupados, no encontrábamos manera de enfrentarlo para convencerlo de que buscara ayuda psicológica antes de que las cosas pasaran a mayores. ¿Cómo acercársele sin que tomara a mal el consejo y salir malparados? ¿Cómo preguntarle qué pasaba? ¿Cómo decirle que su comportamiento era extraño, que era difícil compartir con él? Un día, como quien no quiere la cosa, Elina, sin preámbulos, recomendó que fuera a un médico que ella conocía porque lo encontraba preocupado, distante. Balzac confesó sufrir de insomnio y accedió a buscar ayuda profesional. Parece ser que los males eran más de uno, Balzac se convirtió en una farmacia ambulante con toda la cantidad de pastillas y suministros médicos que llevaba en su mochila.

En julio del 2018, Elina y Balzac viajaron a Ecuador. Elina tenía concertada la presentación de una de sus novelas en una universidad del país. Miguel, un amigo en común, se les unió en Guayaquil para compartir los tres las delicias del viaje, sin imaginar que sería testigo de un mal momento. Miguel nos relató como pasaron las cosas: Balzac creyó que sería una buena oportunidad para también mostrar una revista literaria donde los tres formaban parte del equipo editorial. El día anterior al evento, la persona encargada de este llamó a Elina para comunicarle que sólo podría presentarse la novela. Estaban en una comida ofrecida por los primos de Elina cuando ella les dio la noticia.

Eso fue suficiente para que Balzac sufriera una de sus crisis, tuviera una pataleta y gritara sin que nadie pudiera controlarlo. Elina no tuvo la oportunidad de decirle que ella, como usualmente hacía, no pensaba respetar ningún reglamento impuesto por nadie y la presentación del libro y la revista se darían y cuento terminado. Con el alma taponada de rabia, Balzac dio rienda suelta a sus demonios y atacó a Elina como ya antes había agredido verbalmente a un colega en Nueva York. Parte de su personalidad, más que de su enfermedad, eran el resentimiento y…, el desquite: "Vas a ver que te sabotearé la presentación", dijo rabioso, como si las palabras fueran dardos envenenados mientras se arrinconaba en una esquina del patio negándose a probar alimento.

Esos fueron los hechos, las cosas ocurrieron como ocurrieron; pero es difícil decir los verdaderos motivos, las causas que tendría Balzac para actuar de manera tan explosiva y desleal. Sin embargo, Elina era más lista y ponzoñosa que Balzac, pudo tomar represalias con palabras más ofensivas, enrostrarle secretos que le conocía, hundirlo en la desesperación de sus inseguridades y debilidades; decidió entonces pasar por alto la ofensa, conocedora como era, del problema de salud por el que atravesaba Balzac. Eran amigos, y ese sentimiento que nace entre dos seres era una clase de suerte que conllevaba responsabilidades; en esos momentos por lo menos uno de los dos estaba consciente de ese vínculo involuntario, extraño, desinteresado, que nacía en el corazón humano y que estaba más allá de los egoísmos y las ofensas. Intentando encontrar una excusa para el comportamiento de su amigo, Elina dijo que seguramente no era fácil para el venezolano ver a sus compatriotas vendiendo refrescos y chucherías en las calles, pidiendo limosnas en los transportes públicos y prostituyéndose en las esquinas.

De regreso a Nueva York las cosas continuaron. Todos pudimos leer los comentarios ofensivos y dañinos contra la que todos pensábamos que era su amiga; Balzac utilizó las redes sociales para hacerlo. Cuando Elina le pidió que se disculpara por el comportamiento irracional que mostró frente a su familia, Balzac respondió: "No fue delante de tu familia, sólo de tu prima, la que tuvo vínculos con la delincuencia organizada y un marido ladrón". Elina nos contó que ella no podía creer que estas declaraciones vinieran del amigo. Ella necesitó releerlas para poder asimilarlas; decidió mantenerlas en el ordenador como recordatorio de esos dolorosos momentos, no las borró. Tan afectado y fuera de la realidad se encontraba el venezolano, que no se daba cuenta de que estaba traicionando la confianza que la amiga le había regalado y se estaba comportando como un miserable canalla. No satisfecho con difamar a una persona que lo trató con respeto y amablemente se ofreció a mostrarle la ciudad, sino con ganas de destruir completamente a la que era su amiga, Balzac buscó a Skármeta. Quién sabe con qué intrigas, logró que el chileno, también utilizando las redes sociales, le advirtiera a Elina que no se le acercara nunca más; amenazó con acudir a la policía y pedir una orden de alejamiento. Elina se sintió dolida; otro de sus amigos le daba la espalda y se ponía en su contra, sin siquiera conocer los hechos, sin haberla escuchado antes de tomar tal decisión. ¡Inaudito! Skármeta se sentía preocupado por su seguridad, como si no la conociera por más de veinte años. Incrédula, acongojada, Elina volvió a leer aquellas palabras escritas por Skármeta: "Si pudiste golpear a Balzac, ¿qué podrás hacerme a mí que soy un pobre viejo?".

En esos momentos Elina estaba aprendiendo una lección, quisiera o no, ella tenía que admitir que las personas que valoraba no siempre la apreciarían igual. Tenía que sufrir las traiciones y las infidelidades de los que la rodeaban, debía soportarlas porque compartía este mundo con seres egoístas, celosos, envidiosos, capaces de todas las malas pasiones. La relación más noble y desinteresada que puede haber entre los seres humanos estaba destruyéndose por un momento de delirio. Pero así era el ser humano, la inteligencia y el conocimiento les servían de poco frente a su naturaleza y egolatría. Para salir libre de culpas, Balzac se escudó en lo que llamó "dignidad herida" y desfachatadamente se atrevió a escribir: "Sin embargo, ya te perdoné porque creo que no sabías lo que hacías".

Más de un año después, cuando Balzac, en parte, había recuperado la estabilidad emocional, se acercó a Elina. Ella decidió dejar atrás aquellos malos momentos, dudaba de si aquello había sido una amistad. "¿Qué es la amistad?". Se preguntó. "Ciertamente es una relación noble y desinteresada, pero ¿qué significa? ¿Cómo se siente? Ella siempre creyó que la persona a la que se escogía como amiga se apoyaba en todo y en cada momento, sin esperar nada a cambio; se entregaba la confianza con la seguridad de que podía contar con ella. Desde el comienzo sabía que ese amigo era una persona como cualquiera, con defectos, aún así, la aceptaba sin condiciones". Entonces, ¿por qué se sentía triste y decepcionada cuando esa persona falló y traicionó su confianza? ¿Sería que exigía demasiado de Balzac? Ella sabía que él era desconfiado e inseguro, y que usaba la ironía para proteger un ego lastimado. "Le ofrecí mi amistad precisamente porque pensé que él necesitaba alguien en quien apoyarse", me dijo Elina.

Un día cualquiera, Elina pensó que ella y Balzac podían ser amigos de nuevo, dejando atrás el rencor y el desengaño. Se encontraron en una reunión de amigos en común, y sin mencionar lo ocurrido volvieron a compartir una vez más. Después de todo, ya no eran los jóvenes que se conocieron a finales de siglo sino un par de viejos que habían recorrido un largo camino juntos. Sin embargo, me comentó Elina, a pesar de que estaban plenamente conscientes de sus imperfecciones humanas, sin necesidad de palabras se prometieron no volver a herirse ni a traicionar la amistad; ella sentía que algo se había roto y que las cosas nunca volverían a ser como en los viejos tiempos.

"Se me ha ocurrido matarte. El problema es que aún no encuentro la forma", ese fue el mensaje que un día Vallejo le envió a Elina a través de las redes. "Ese es el mejor cumplido que he recibido en mi vida. Me encanta que quieras matarme. Me gusta tanto la frase que voy a tomarla prestada para incluirla en mi próxima novela", respondió ella. Vallejo y Elina, sin saber cómo ni cuándo, empezaron a ser amigos, a estas alturas de la vida ya no tenía sentido indagar los detalles. No en vano habían transcurrido más de dos décadas desde que llegamos a "la hoguera", el taller literario en el sur del Bronx. Ahora los dos, como el resto, hemos envejecido. Tenemos arrugas y cicatrices provocadas por los golpes bajos que nos ha dado la vida. Con el paso del tiempo Elina y el peruano Vallejo han comprendido que aquello que los separaba era insignificante, incluso vulgar. La vanidad, el egoísmo, la envidia, todas esas pasiones destructivas se difuminaron con los años; ahora miraban hacia atrás y sus desavenencias les parecían cosas de niños.

"¿Amiga, sabes que soñé que me decías que ibas a usar mis palabras en una de tus novelas? He decidido escribir un cuento sobre ese sueño. Te lo enviaré en cuanto esté terminado para que descubras el método que usé para eliminarte". Elina y Vallejo rieron como dos niños celebrando sus travesuras; ella con las manos en las caderas dolidas a causa de la osteoporosis, él soportando los estragos que le había dejado el cáncer en la columna provocado por los materiales tóxicos liberados aquel 9/11, cuando Nueva York fue blanco de los ataques terroristas.

—¡Vallejo no jodás, en este cuento estás matando a tus amigos! —dijo Sábato muerto de la risa mientras leía la historia.

—Al principio estaba dedicado a Elina, pero me pareció mejor matar varios pájaros de un solo tiro, —dijo Vallejo.

Estábamos reunidos en un café de Queens para apoyar a Vallejo luego de conocer de su cáncer, nos hacía bien apoyarnos mutuamente. No nos engañábamos, todos padecíamos de algún achaque. Éramos un grupo de envejecientes patéticamente divertidos que sacábamos a relucir dolores y males sin ninguna vergüenza. Como a todo ser humano, nos habían pasado cosas buenas y terribles; habíamos atravesado el camino de los años hasta llegar al momento de aceptar la realidad y confesar que como a cualquier miserable ser vivo, nuestro cuerpo se rendía, no quedaba de otra. También sabíamos que mientras algo, una persona, un recuerdo, un deseo, un objetivo siguiera latente en nuestras mentes, en nuestras almas, seguiríamos rebosantes de ganas por la vida. No esperar nada, ni lo bueno ni lo malo, eso era la verdadera vejez.

—¿Qué será de la vida de Skármeta que no lo hemos vuelto a ver por largo tiempo? —preguntó Rulfito.

—La última vez que supe de él, según sus propias palabras, estaba secuestrado en Chile, —respondió Vallejo.

—¡Cosas de viejo loco que se imagina historias para seguir sintiéndose importante! —exclamó Ureña. ¿Y a propósito de viejos locos, por qué Elina no está con nosotros? No será que nuestra amadísima amiga y hermana ya estiró las patas, —continuó Ureña entre serio y broma.

—Precisamente esta mañana, supe por su hermana que Elina está en el hospital. Todavía no se sabe que le pasó. Se encuentra inconsciente y nosotros hablando de la muerte y como matar a los amigos, —evidentemente dolido, Balzac nos dio la noticia.

—Somos unos culeros hijos de la chingada, —dijo Rulfito. Movimos la cabeza de un un lado al otro, negándonos a creer que Elina estuviera quieta en una cama, sin poder argumentar, sin fuerzas para protestar contra esto y lo otro.

—Tenemos que resignarnos, quizás Elina ya no tiene vuelta atrás y lo único que queda es orar por la salvación de su alma, —dijo Vallejo.

—No digas esas chingaderas, sabes que Elina no cree en esos cuentos de almas, paraísos e infiernos inventados por putos embusteros. Además, estoy seguro de que Elina se va a recuperar, —dijo Rulfito enojado.

Nos quedamos callados por un largo tiempo, sintiendo que las palabras no nos servían para ahuyentar la pena. Paradójicamente, la posibilidad de la muerte, su cercanía, nos llevaba a reflexionar sobre la vida. Sin poder evitarlo, pensamos en lo inestable y lo efímera que era nuestra travesía por este mundo. ¿De qué servían la inteligencia, los logros, qué ganábamos con toda nuestra soberbia si al final llegábamos al punto donde todo se reducía a polvo, a cenizas? ¿Qué importancia tenían una vida y una muerte para la humanidad, para el universo? Nos despedimos, nos abrazamos agradecidos de habernos cruzado en el camino y habernos hecho amigos.

—Vamos a echar de menos a esa gran loca, —dijo Sábato.

—Esa loca que queremos tanto, —añadió Rulfito.

Despierto. Me parece haber dormido por años, me siento cansada y aturdida. Sin abrir los ojos escucho los ruidos que llegan del exterior, confundidos con el rumor que producen el palpitar de mi corazón, el correr de mi sangre por las venas, el cruce de mis pensamientos por el cerebro. No, esos no son mis pensamientos, son mis memorias que escarban en mi conciencia. ¿Qué me pasó? Eché a rodar por el mundo cargando con mis pasiones y miserias, me agredieron, ataqué, perdí la pelea, quedé tirada en el piso como un animal sarnoso, me puse de pie para seguir mi camino, quise matar a los responsables de mi dolor, me volví loca.

Siempre supe que llegaría el día cuando esa pesadilla mía sería realidad. Entraba a un cuarto y me encontraba a mí misma esperando por mí. Era como observarme desde el otro lado del espejo. Creí estar preparada y tenerlo todo en orden para no tener que rendirle cuentas a nadie. Ilusa, eso no era posible. Uno nunca está listo para ese momento, ¿cómo puede estarlo si uno ni siquiera sabe qué diablos hace en esta vida? Las deudas, los reclamos, los ajustes de cuentas seguían pendientes. Los hijos, los amigos, el mundo entero pedían respuestas. Era de hipócritas y cobardes declarar no arrepentirse de nada. ¿Cómo declarar semejante mentira si siempre existe algo que uno desearía que no hubiera pasado? ¿Cómo dejar atrás el pasado si la mente es inflexible y nos regresa, una y otra vez, a los momentos desgraciados de los que uno quisiera escapar? Hay cosas de las que me arrepiento y otras que volvería a cometer mil veces. Me arrepiento de no haber matado a los malditos bastardos con mis propias manos. Se salvaron de mi desquite y de mi justicia porque penosamente este país no acepta la ley del Talión: *ojo por ojo y diente por diente.* Mi mente infantil olvidó un hecho desgraciado, pero no olvidó que pude mandar al otro mundo a la bestia que lo causó. Había visto como papá se deshacía de las ratas que entraban en casa poniendo el veneno en la comida que dejaba para ellas y supe que podía hacer lo mismo con aquella sabandija que llamábamos abuelo. No murió, me arrepiento de no haber puesto en la bebida de avena la cantidad suficiente del 1080. No logré matar a esa rata, pero tuve el placer de verlo revolcarse en el piso con los ojos inyectados de sangre a punto de reventársele. Los hermanastros de mi mamá por poco la matan; la culparon del grave descuido, aun así, no abrí la boca. Sé que mi madre sospechó de mí, por eso fui enviada con las monjas para que sus enseñanzas sacaran el diablo de mi alma.

Pasaron tantas cosas, errores y fracasos que fueron quedando atrás hasta que llegó el momento de responder. Todo aquel que fue ofendido exigía ser resarcido, clamaba justicia y venganza. Uno se ve acorralado y se escuda detrás de la imperfecta naturaleza humana que lo lleva a hacer barbaridades. Uno pide bondad, comprensión, conociendo que dentro de los corazones humanos arden las pasiones, hay demasiado resentimiento, demasiado rencor.

¿Con qué derecho uno puede esperar de los demás algo diferente si las mismas pasiones nos queman en el pecho? Si se pudiera borrar el pasado, si se pudiera rescatar del ayer sólo lo bueno. Pero la vida no permite esas gracias, nada se puede borrar, así será hasta la muerte.

La vida. Mantener vivos los recuerdos; en eso consiste su secreto, su poder y su placer. Algunos hablan de un juicio divino después de la muerte. Esa es otra falacia, ese juicio es de este mundo donde el remordimiento, la culpa y la pena, inflaman y llagan la mente y el corazón humano sin necesidad de las llamas de un infierno. Ese juicio no tiene señalado lugar ni hora, puede llegar en cualquier momento de la vida. Porque es indispensable estar vivo, sólo así el responsable de todo lo que hay por dilucidar puede responder ante el único juez que es uno mismo. Uno y sus recuerdos, nadie más. Hay faltas de las que uno no es culpable; lo ocurrido fue el resultado de las relaciones humanas, me digo para calmar la angustia en mi pecho. No trates de justificar nada porque existe la verdad de los hechos, todo ocurrió de tal o cual manera. Racionalizar no sirve en este momento; al final lo que pasó hablará por sí solo, quieras o no, los hechos acabarán gritando como almas en pena. ¿Por qué tengo que pensar en estas cosas?, me recrimino, pero no puedo evitar que salgan a la luz los episodios de mi vida escondidos en la maraña nerviosa que es mi cerebro y atravesando la distancia de los años, llegan los gemidos de una niña.

Fue terrible, a la vez una liberación, dejar de ser esa tímida, esquiva muchachita que se mostraba indiferente a todo lo que ocurría fuera de sí misma. Pasaba desapercibida, incluso, para mi madre, era invisible. Me había acostumbrado a pasar las horas escondida en ese reducido espacio debajo de una cama donde, sin ser consciente, escondía un secreto, alguna confesión impronunciable y pese a ello, me hacía sentir fea y sucia. Las palabras se me atragantaban; no conseguía hacerme entender, y sin voz esa confesión se fue enredando en las tinieblas de la memoria. Por esos tiempos yo misma llegué a creerme un ánima atrapada en el silencio. Hoy en día podría ser diagnosticada como autista, una criatura amurallada en su interior, sin emociones o deseos.

Un día me encontré fuera de ese hueco donde el miedo me tenía atrapada. Parado frente a mí estaba un mundo nuevo, enorme, resplandeciente y lleno de opciones. El destino me había traído a Nueva York. Pude ser una mujer amargada, deprimida, aun así, opté por ser valiente. Yo no era una guerrera. Yo era un animalito desvalido y temeroso al que el mundo se le echó encima obligándolo a usar uñas y dientes si quería seguir con vida. Uno debe correr un trecho, salvar obstáculos, romperse el alma para darse cuenta de que se camina entre fieras. Quien se confía está destinado a terminar con la piel y el alma hechas añicos. Es doloroso reconocer que uno es parte de la manada de salvajes, como tal, también posee la habilidad para herir y destruir. Esas son las reglas impuestas por la sociedad, la ética, la religión…, responsables de limar y extirpar ese don divino, esa aptitud humana… ¿Cuál aptitud? Esa condición innata que a los humanos nos corre por las venas, que nos empuja a matar al que nos hace daño o lastima a los que amamos.

A medida que envejecía, creía que ya nada podía herirme, ignorando que hasta el último respiro, la vida te recuerda que es ella la que decide y lleva las riendas. La incertidumbre que rondaba por mi mente y torturaba mi espíritu se materializó frente a una obra de arte, fracturando la seguridad que creía poseer. Siendo el arte la representación más precisa del drama humano, nos redime o nos condena. Un día cualquiera, mi hermana y yo fuimos de visita al Museo Metropolitano. Como siempre, quise visitar el salón dedicado a los impresionistas, mi favorito. Presintiendo el peligro, mi hermana quiso alejarme del lugar, pero yo insistí, porque en el fondo de mi alma vivía el deseo dañino de descubrir una realidad odiosa.

Como hipnotizada, me acerqué a *Teresa soñando*. Había visto muchas veces esta obra de Balthus. Pero ese día, igual que

Teresa en la pintura, quedé inmovilizada, presa de una maligna ensoñación. Mi hermana me haló de un brazo y al mirarla encontré la pena reflejada en sus ojos. Esa mirada fue igual que sentirme herida por un rayo; su luz destructora rompió las tinieblas en mi cerebro dejando al descubierto mi alma que seguía prisionera del miedo. El abrazo tierno y protector de mi hermana me dio la respuesta que nunca sus labios se atrevieron a pronunciar. Aquel maldito instante de la niñez saltó de un recoveco de la memoria. Vi la diabólica figura, escuché el golpeteo de sus pezuñas mientras se me acercaba, percibí la fetidez de su aliento, la perversidad relampagueando en sus ojos, y grité presa del horror al encontrarme con el rostro de mi…, del hombre en quien más confiaba, admiraba y amaba.

No sé si fueron días o semanas las que tuve fiebre, escalofrío, pesadillas y sólo las mentiras de mi madre lograron sosegarme y confundirme: "Fue un ángel, te visitó un ángel y su luz te asustó". Que fuera un ángel o el diablo, no impedía que el miedo me dejara sin palabras o que buscara un escondite para que aquella cosa espantosa no volviera a encontrarme. Así seguí buscando refugio, sin recordar luego de qué, de quién o por qué escapaba. Dice mi hermana que la mente crea fantasías y recurre al olvido de eventos traumáticos para protegernos el ego y el orgullo. Mi mente logró salvarme del horror en el tiempo que era indefensa; a la vez, bloqueó los instintos que alertan del peligro a todo ser vivo.

Puede llamarse experiencia o cosas de viejos, pero creo que sólo los años logran dar esa perspicacia que le dice a uno que no está equivocado, que las cosas son como son aún antes de tener las pruebas en las manos. No estoy defendiéndome, tampoco busco excusas cuando digo que la falta de malicia con la que me educaron hizo que no me diera cuenta del peligro. No sabía descifrar las señales sospechosas ocultas tras una mirada, tras una sonrisa o una palabra. Estaba ciega y sorda. Debido a esa falta de visión pasaron cosas horribles, por eso dejé a mis hijos desprotegidos y presas fáciles de las bestias humanas. Es insoportable el dolor y sobre todo la rabia que me emponzoña el alma al recordar momentos que no puedo perdonarme.

Inconsciente o no, al final, uno debe responder con la vida entera por esos descuidos. La vida entera mi alma estará atormentada, la vida entera en mi mente y en mi corazón arderán el rencor y la venganza. Era mi obligación de madre estar alerta, proteger y defender a mis hijos, aun a riesgo de perder la vida. Felizmente, mi hija a su corta edad ya era dueña de un sexto sentido, refinado y salvaje, olfatió el peligro y dio la voz de alarma. Sólo entonces abrí los ojos, miré alrededor y pude ver la maldad, la crueldad, el odio que anidaba en el fondo oscuro del alma de ciertos hombres.

Nunca me conformaré con haber escupido y maldecido a esas bestias; se acabará mi vida, pero no el deseo de estrangularlos con mis manos y de quemarlos a fuego lento. Entre las sombras que deambulan por mi cerebro aparece una figura, el amor hace que el alma me tiemble al descubrir la cara de mi hijo. Agradezco a la vida haber disfrutado, por el tiempo que duró, el regalo de los dioses que eran su ternura, su admiración y su confianza. Fui un ídolo para ese muchacho, sin embargo, conforme iban desapareciendo la magia de la niñez y de la adolescencia, él fue descubriendo que su madre no era la persona que él había idealizado. Adrian tuvo que soportar mi temperamento, mis fallos, mis inseguridades, mi egoísmo… Él tuvo que soportar mis trampas, mis traiciones, y lo peor de todo, mi incapacidad para mostrar mis sentimientos, para dar amor.

"Quizás te siga queriendo, pero me disgustas. El nombre de madre no es para ti", dijo mi hijo. Puedo ver resentimiento en sus ojos y siento un dolor insoportable que apenas me permite respirar. Él tenía razón, soy consciente de no haber cumplido con esa sagrada responsabilidad que es la maternidad. Ofrecí a mis hijos comida, ropa, techo, las comodidades que fueron posibles, no así mi compañía y mis cuidados. Mucho después supe que, en varias ocasiones, luego de salir de la escuela, mi hijo jugaba en el mismo *arcade* donde se juntaban los miembros de uno de los carteles colombianos; que los moretones que muchas veces mostraba en la cara y en los brazos, eran el resultado de las trompadas que le propinaban los compañeros de escuela que no soportaban que la vida le hubiera otorgado la capacidad intelectual que a ellos les negaba. Ellos no toleraban los elogios del que era objeto por parte de sus maestros. ¿Cuántas más cosas feas tuvo que sufrir? ¿Cuántas veces estuvo en peligro? ¿Cuántas cosas que yo no sabía de mis muchachos por no estar presente en sus vidas?

Un día mi hijo dijo que no deseaba verme más. Quizás pensaba que así evitaba escuchar mis arrepentimientos tardíos o que fuera una mala influencia para sus dos hijas. Si se pudiera borrar lo que nos tortura, los errores del pasado. Pero la vida nos da una sola oportunidad. Sé que amaba a esos dos muchachos con toda mi vida, sin embargo, mi tiempo y mis atenciones las dedicaba a otras cosas que entonces consideraba necesarias.

Escucho decir que sólo llevo un día en el hospital; sin embargo, tengo la sensación de haber dormido días, quizás meses. Dicen que sufrí un ataque isquémico transitorio: un vaso sanguíneo que lleva la sangre al cerebro estaba taponado, y las células nerviosas afectadas no recibieron la cantidad de oxígeno necesario. Eso es lo que el médico les explica a mi hija y a mi yerno, la verdad es que me derrumbé; me vine abajo por el peso de años de decepciones, de angustias, de miedos irrazonables; no recuerdo haber hecho algo sin que la duda o la ansiedad guiaran mis pasos. Así como a mi cerebro le falla el sentido de orientación, fue mi caminar por la vida, siempre vacilante, dando tumbos, sin la certeza de saber si hacía lo correcto.

Razón tenía Balzac al decir que era una "fracasada exitosa", porque si después de tantas derrotas e infortunios los resultados me favorecieron, no fue porque los planeara o hiciera lo que debía hacer, sino porque las oportunidades se presentaron a mi favor. Muchas veces escuché hablar de la relación entre causa y efecto para explicar el comportamiento de animales y humanos. Según esta ley, para sobrevivir, hombres y animales aprendemos de los errores y guardamos esa información para usarla en circunstancias parecidas. ¡Puro cuento! Causa y efecto no bastan para explicar la naturaleza del hombre. Así tampoco ningún propósito determina su conducta, porque la conciencia del ser humano no sigue patrones, no es un mecanismo que obedece fórmulas matemáticas. Si no, ¿cuál fue el efecto de dedicar años de mi juventud al estudio de sistemas mecánicos y el funcionamiento de las cosas cuando tal conocimiento no tenía cabida en el desorden bioquímico de mi cerebro? ¿Cuál fue el propósito de correr como gallina loca en marchas y protestas defendiendo derechos e ideales que me importaban un carajo? Ofrecí mi cuerpo a hombres que ni siquiera quería o me interesaban; lo hice por el sólo hecho de ser hembra, para divertirme un rato. ¡Si alguno se sintió utilizado o resultó herido no fue por mi culpa! Simplemente, en asunto de pasiones, cuando algo está en juego, cualquiera llevaba las de perder. No se puede negar que uno gana conocimiento y experiencia, ¿pero de qué sirve todo esto si la vida igualmente continúa y nada nos garantiza vivir libres de las cosas malas?

A veces intento imaginar cómo sería el mundo si hubiera obrado de manera diferente, y no puedo darle una forma precisa. ¿Qué cambiaría para alterarlo? No creo que hubiera sido más feliz o desdichada en un mundo diferente. Mi hermana me dice que, si no hubiera llegado a Estados Unidos, yo sería otra persona, ¿Qué clase de persona? "Nunca hubieras desarrollado las agallas para desafiar el mundo, convertirte en una criatura fuerte, con mayores posibilidades para sobrevivir y salir triunfante". Por supuesto que haber vivido en Nueva York, el infinito reino de las oportunidades, ofreció ciertas ventajas, pero las opciones se daban en cualquier lugar. El juego consistía en saber aprovecharlas. Las palabras de mi hermana me produjeron pena y rabia. Sus palabras me daban a entender que, al igual que los demás, me creía desprovista de habilidades y que el éxito que pude tener estaba regido por la buena suerte; "No entiendo", dije, "¿si no hubiera llegado a Nueva York entonces sería un simio?

Había tenido que luchar para sobrevivir. Recibí ultrajes de parte de personas burdas, sin pizca de conocimiento y menos de empatía, quienes se creían con el derecho de aplastar a los recién llegados. Fui mujer de "factorías". Me tocó moverme en un pantano en el que daba manotazos para impedir que el lodo me tragara. Mis circunstancias marcaron mi carácter. Aprendí a ser realista, pragmática y nihilista. Fuera del "sálvese quien pueda", no había nada. Reconozco que tuve suerte al lograr cosas que ni siquiera había pensado tener. La vida es así: luchas por algo y no consigues nada. Sin embargo, a veces obtienes ese algo porque sí. Sé que mi actitud es algo fatalista al decir que igual debemos esperar la alegría y el dolor; que las cosas van a suceder querámoslas o no. El mundo es como es y no podemos cambiarlo. Siento escalofríos recordando mi arribo a Nueva York. Tras el cristal de la ventanilla del avión vi esta ciudad reluciente en la noche y pensé que, tras las mil luces que apagaba el brillo de las estrellas se ocultaba algo desconocido que llamaba por mi nombre, "Elina, Elina, has llegado, te estaba esperando".

Mucho tiempo después, cuando todo me falló, los amigos, los hombres, la religión, la eternidad, Dios... Vi con tristeza que todos estaban en la otra orilla, cada uno con su manera de ser, de ver, de sentir; cada uno en su mundo, en esa otra orilla difícil de alcanzar. Cuando pensé haber perdido todo y quedé a solas conmigo misma, pude volver la mirada hacia atrás y encontrarme cara a cara con aquello entonces desconocido que había esperado mi llegada.

Era la vida. Era el mundo. Era el destino...

Recuerdo cosas que pasaron, vuelvo a revivirlas y me estremezco. Eran las once de la noche, salía de mi trabajo en la "factoría" y caminaba completamente sola por la calle Brooklyn junto al puente Manhattan, para tomar el tren en York Street; cuando vi a dos tipos bajar de un carro, sacar de la parte trasera a un hombre amordazado y tirarlo a las aguas del East River. Sudé sangre cuando uno de los matones alumbró con una linterna los alrededores. No supe si fueron las sombras de la noche las que lograron borrarme, pero no pudo descubrirme. Recuerdo ver el cuerpo de ese hombre arrastrado por la corriente, siento que mi alma salta regocijada imaginando que así tuvieron que perderse en las aguas los restos del que en vida fue Carlos Calvo.

"El paisa Ospina", uno de mis amigos vagabundos, me llevó a ver a Evelio Romero "El Patrón", para que nos conociéramos. "Los amigos de mis *parces* son mis amigos", dijo el narco colombiano, conocido por hacer favores y regalos a la gente del barrio a cambio de respeto y discreción. En ese restaurante, *Tierras Colombianas*, pedí un favor a Romero: que cortara las manos y los huevos de Carlos Calvo, el maldito que intentó abusar de mi hija. También pedí que pusiera a Jovanka Tejada en una caja, por una semana, sin pan ni agua. Jovanka Tejada fue la niñera que había dejado a mi hijo de menos de tres años encerrado en un closet por ocho horas. "El Patrón" tomó datos, asintió, y con una sonrisa prometió no sólo cumplir con mi petición sino hacer que la mujer se pudriera en vida, y me aseguró que el East River se tragaría a Carlos Calvo.

Cinco semanas más tarde, la DEA puso tras las rejas a varios miembros del cartel, entre ellos a Evelio Romero. Quizá todo es parte de mi viva imaginación o en efecto, el capo había encontrado el tiempo antes de su captura para cumplir mi petición porque, por una antigua vecina, supe que la policía había rescatado a una mujer seminconsciente que habían encerrado con candado en un contenedor de basura. También escuché, en las noticias locales, que el cuerpo descompuesto de un hombre no identificado cuyas manos y testículos habían sido cortados fue encontrado flotando en las aguas del East River.

Siento alivio en el pecho. Me hubiera sentido mejor si las manos justicieras hubieran sido las mías. Pierdo la conciencia por un momento, pero las voces del pasado regresan y las memorias vuelven a ocupar mi mente. Con regocijo recuerdo aquella tarde en que mi segundo marido estuvo a punto de convertirse en eunuco. Salí de la casa, fui a la calle para cerciorarme de que las quejas de mi hija sobre su malicioso comportamiento eran ciertas. Efectivamente, mi marido estaba esperándola en el carro para llevarla a la escuela cuando debía estar en su trabajo. Pretendí no haberlo visto para que no se sintiera descubierto, y me dirigí a la tienda que estaba al doblar la esquina. Esperé hasta el sábado en la tarde cuando mis hijos fueron al cine para impartir mi justicia. Pensé hacerlo siguiendo la trama de un cuento que había escrito unos meses antes. En la historia, la protagonista guardaba bajo la almohada el cuchillo con que planeaba matar a su amante. Ella pensaba hacerlo durante el clímax, en el momento que el hombre se debilitaba y cerraba los ojos. Yo puse el cuchillo sobre la mesa de noche, tapado con una mantilla, no para matarlo sino por precaución.

Insinuante, le ofrecí un "güisqui" en las rocas, su bebida favorita. Él tomó un par de tragos, colocó el vaso sobre la mesa de noche, y se echó en la cama en espera del placer. Me abalancé sobre él, le quité la ropa, los interiores, besé su vientre y busqué su sexo. Él me acarició el pelo, disfrutando que usara su miembro a mi antojo. Jamás olvidaré el grito de dolor que escapó de su boca al sentir la mordida en su pene.

"¡Puta desgraciada!". Sin poder zafarse de la presión de mis dientes, pataleo y tiró de mis cabellos. Quise desprender su pene con mis dientes, pero el sabor a sangre en mi boca me produjo náuseas y lo solté. Me erguí de un brinco en busca del cuchillo. El hombre chillaba, lloraba y maldecía sosteniendo el falo lastimado.

"Hijueputa agradece que no te lo corté", grité desquiciada con el cuchillo en alto. "Esto es para que aprendas a respetar. ¿Creíste que podías tocar a mi hija y burlarte de nosotras? Ahora voy de compras, cuando regrese, no quiero encontrarte aquí. ¡Lárgate y no regreses nunca más!"

El infeliz me miró y dijo con odio: "¡Loca de mierda, debí dejarte en el manicomio para siempre!"

Antes de salir del cuarto, aún con el cuchillo en alto, le advertí, "Si quieres puedes denunciarme con la policía o quien quieras, pero ¡cuídate de hacerlo! ¡Sabes que soy una maldita loca!"

Varios episodios de mi vida cruzan por mi mente como si fueran parte de una película que se rebobina y de pronto se detiene. Siento el chorro de agua congelada azotando mi cuerpo desnudo otra vez. Caigo al piso a causa del violento golpe del agua; aúllo y tiemblo, no de frío sino de impotencia. Mi mente fantasiosa y mi comportamiento arrebatado hicieron que fuera a parar al manicomio. Me encuentro arrinconada tras los barrotes de una celda igual que un perro abandonado. No podía quejarme y menos gritar. Si lo hacía, corría el riesgo de ser inmovilizada por una camisa de fuerza, recibiría corrientazos eléctricos o tomaría un coctel de pastillas que me transformaría en una zombi.

Inútilmente, trato de no pensar, pero los recuerdos insisten en torturarme. No puedo remediarlo; siento que las lágrimas se me escapan mientras rememoro todos esos momentos deprimentes.

Corro varias cuadras, las fuerzas me abandonan, pero debo seguir corriendo. A esa hora de la tarde las calles de la avenida Morgan en Brooklyn estaban solitarias, y nadie podía socorrerme. A las cuatro de la tarde, cuando empezaba mi turno, todo el mundo se encontraba ocupado en sus quehaceres laborales, tragándose el alma, con los pulmones podridos, la espalda partida y las manos en llaga viva dentro de esos edificios convertidos en cloacas textiles, metalúrgicas o químicas. Miles de "factorías" que contaminan la Nueva York de los años setenta y ochenta, cumpliendo con la violencia implacable y deprimente del capitalismo de fines del siglo XX. Sigo corriendo. No puedo dejar que esa maldita sabandija que me persigue me alcance, me viole, me mate, me descuartice. No terminaré siendo una cifra más de unas sórdidas notas policiales, otra joven inmigrante indocumentada, sexualmente violada y asesinada en las calles de Nueva York.

La puerta de la fábrica se abre, sale la supervisora, una enorme negra, no puedo más y caigo desmayada en el piso. Cuando despierto, estoy acostada en una de las mesas de la cafetería, dos trabajadoras me dan viento con un pedazo de cartón. Por ellas me entero de que cuando la supervisora salió a fumar un cigarrillo, vio que el violador ya me había bajado los pantalones.

Me duele el cuerpo. Siento que llevo demasiado cansancio acumulado, pero no me dejaré vencer ni por el agotamiento ni por nada. Decido que debo seguir corriendo, lo malo jamás logrará alcanzarme. Corro, sigo corriendo. El peso de la niña que llevo en el vientre no me detiene mientras bajo las escaleras del tren subterráneo. El oficial de inmigración no puede alcanzarme, él me pierde de vista cuando corre entre cientos de personas esperando el tren, entre ellos, docenas de mujeres hispanas que para él parecemos iguales. El azar se interpuso en su camino, mi destino era más fuerte que su obligación de detenerme y deportarme.

Mis recuerdos se detienen. Escucho la voz del médico dándole instrucciones a Gilly: "Muy pronto puedes llevar tu madre a casa. Recomiendo descanso, tranquilidad, evitar cosas que la alteren. Le caerá bien pasar horas junto al mar, respirar aire puro, ver naturaleza".

Me entran ganas de reírme a carcajadas. "¿Ese iluso piensa que voy a seguir sus consejos de mierda y morir viendo arena, olas que van y vienen, tirando pan a las gaviotas? Ese tipo, mi hija y mi yerno, no saben que tan pronto recobre las fuerzas, compraré un pasaje e iré de vuelta a Nueva York. ¡Si debo morir, que sea haciendo lo que yo quiero!

—Mom, despierta, abre los ojos, —mi hija susurra en mi oreja, acaricia mi cabello. Abro los ojos con pereza, había olvidado que la luz era parte de esta realidad y parpadeo ante su brillo. Encuentro a Gilly a mi lado y a mi yerno sentado a mis pies. Mis ojos recorren la habitación en busca de Adrian. "Te amo Adrian", pienso.

—Mom, que alegría verte recuperada. No sabes el miedo que tuve de perderte. Mom te amo, —dice Gilly besándome la frente.

—Te amo Gilly, —digo sonriendo, tomo su mano, la llevo a mi pecho. —¿Dónde está Adrian? —pregunto, a sabiendas de que mi hijo no llegará, que ni siquiera me llamará. No supe ser madre a pesar de amar a mis hijos sobre todas las cosas. Siento que la pena me hace añicos el corazón, pero no lloraré. No lloraré. ¡Oh vida! ¿Por qué tanto dolor? ¿Por qué? He vivido momentos de dicha y momentos espantosos; he conocido la maldad y la bondad, la cobardía y la valentía, la gloria y el infierno. ¿Cuál fue la razón de todo este drama que es la vida? Quizás todo se reduzca a saber que uno está vivo. Son las pasiones que nos arden en el cuerpo y en el alma las que nos alientan. Esas pasiones son las que nos definen y permiten saber quiénes somos.

—¿Quién eres? —me pregunto.

—Soy Elina, —me respondo. —Estoy viva y sé que el dolor de saberlo es el precio que me pago a mí misma por ser la que soy.

NOTA AL LECTOR

Debo aclarar que esta novela titulada *Hay cosas que no puedo decir* pertenece al mundo de la ficción. La obra estaba planeada a ser una autobiografía, sin embargo, no pude evitar que la fantasía interviniera y el texto terminara siendo una novela que remeda la realidad. Siento decepcionar a aquellos lectores que llegaron a pensar que la Elina Cano de la novela y la autora son la misma persona o que los personajes aquí nombrados fueran verdaderos. Asimismo, clarifico que la mayoría de los eventos narrados en la novela son producto de mi imaginación.

En el primer capítulo se narra, entre comillas, la experiencia del personaje Vallejo como testigo del ataque terrorista a las torres del World Trade Center en septiembre 11 del 2001. La misma es una historia real dicha por un amigo, el poeta Ángel García y que transcribo con su conocimiento.

ACERCA DE LA AUTORA

Elssie Cano nació en Ecuador y reside en Estados Unidos desde 1970. En 1990 obtuvo una licenciatura en Ingeniería Mecánica en The City College of New York y en 2001 una maestría en Educación Bilingüe en la Universidad Autónoma de Santo Domingo, República Dominicana. En 2020 gana una beca de New York University (NYU) Graduate School of Arts&Science para el programa Escritura Creativa-Ficción-M.F.A. Ha publicado *La otra orilla y otros relatos* (Cuento, Editorial Surco, 2000), *Fiptisio'89* es su traducción al inglés (Books&Smith New York Editors, 2020), *Mi maravilloso mundo de porquería* (Novela, 2024, galardonada con el Premio Primum Fictum de Editorial Librooks en Barcelona, España), *IDROVUS* (Novela, artepoética Press, 2018), *Creando a Eva* (Novela, artepoética Press, 2020). *Things I cannot say* (Novela, Nueva York Poetry Press, 2023). Ha coeditado *Residencia en Nueva York/ Cuentistas Hispanos en (de) Nueva York* (Antología, artepoética Press, 2021). Elssie es miembro del personal editorial de la revista *HYBRIDO Cultural Project for Latino Arts and Literature.*

ÍNDICE

Hay cosas que no puedo decir

Nueva York Poetry Press

PROSE COLLECTIONS

Fiction

INCENDIARY

INCENDIARIO

Homage to Beatriz Guido (Argentina)

1

Alyz en New York Land

Novela

Jesús Bottaro (Venezuela)

2

Historia de una imaginación memorable

Novela

Andrés Felipe López López (Colombia)

3

Things I Cannot Say

Novel

Elssie Cano (Ecuador)

4

Hay cosas que no puedo decir

Novela

Elssie Cano (Ecuador)

Children's Fiction

KNITTING THE ROUND

TEJER LA RONDA

Homage to Gabriela Mistral (Chile)

Drama

MOVING

MUDANZA

Homage to Elena Garro (México)

Essay

SOUTH

SUR

Homage to Victoria Ocampo (Argentina)

Non-Fiction

BREAK-UP

DESARTICULACIONES

Homage to Silvia Molloy (Argentina)

POETRY COLLECTIONS

ADJOINING WALL
PARED CONTIGUA
Spaniard Poetry
Homage to María Victoria Atencia (Spain)

BARRACKS
CUARTEL
Awards Winning Works
Homage to Clemencia Tariffa (Colombia)

CROSSING WATERS
CRUZANDO EL AGUA
Poetry in Translation (English to Spanish)
Homage to Sylvia Plath (U.S.A.)

DREAM EVE
VÍSPERA DEL SUEÑO
Hispanic American Poetry in USA
Homage to Aida Cartagena Portalatin (Dominican Republic)

FEVERISH MEMORY
MEMORIA DE LA FIEBRE
Feminist Poetry
Homage to Carilda Oliver Labra (Cuba)

FIRE'S JOURNEY
TRÁNSITO DE FUEGO
Central American and Mexican Poetry
Homage to Eunice Odio (Costa Rica)

INTO MY GARDEN
English Poetry
Homage to Emily Dickinson

LIPS ON FIRE
LABIOS EN LLAMAS
Opera Prima
Homage to Lydia Dávila (Ecuador)

LIVE FIRE
VIVO FUEGO
Essential Ibero American Poetry
Homage to Concha Urquiza (Mexico)

REVERSE KINGDOM
REINO DEL REVÉS
Children's Poetry
Homage to María Elena Walsh (Argentina)

STONE OF MADNESS
PIEDRA DE LA LOCURA
Personal Anthologies
(Homage to Alejandra Pizarnik)

TWENTY FURROWS
VEINTE SURCOS
Collective Works
Homage to Julia de Burgos (Puerto Rico)

VOICES PROJECT
PROYECTO VOCES
María Farazdel (Palitachi)

Wild Museum
Museo salvaje
Latin American Poetry
Homage to Olga Orozco (Argentina)

International Poetry Award
Premio Internacional de Poesía NYPP
Award Winning Authors
Homage to Feature Master Poets

Para los que piensan, como Albert Camus, que *el corazón humano tiene una fastidiosa tendencia a llamar destino solamente a lo que lo aplasta,* este libro se terminó de imprimir en el mes de septiembre de 2023 en los Estados Unidos de América.

www.ingramcontent.com/pod-product-compliance
Lightning Source LLC
Chambersburg PA
CBHW030555020726
47494CB00005B/1618

* 9 7 8 1 9 5 8 0 0 1 2 4 0 *